BITTE
NICHT
ÖFFNEN
KRATZIG!

BITTE NICHT ÖFFNEN

Band 1: Bissig!

Band 2: Schleimig!

Band 3: Durstig!

Band 4: Feurig!

Band 5: Magic!

Band 6: Rostig!

Band 7: Winzig!

Band 8: Kratzig!

Weitere Päckchen sind unterwegs!

Charlotte Habersack

BITTE NICHT ÖFFNEN

KRATZIG!

Mit Bildern von Fréderic Bertrand

CARLSEN

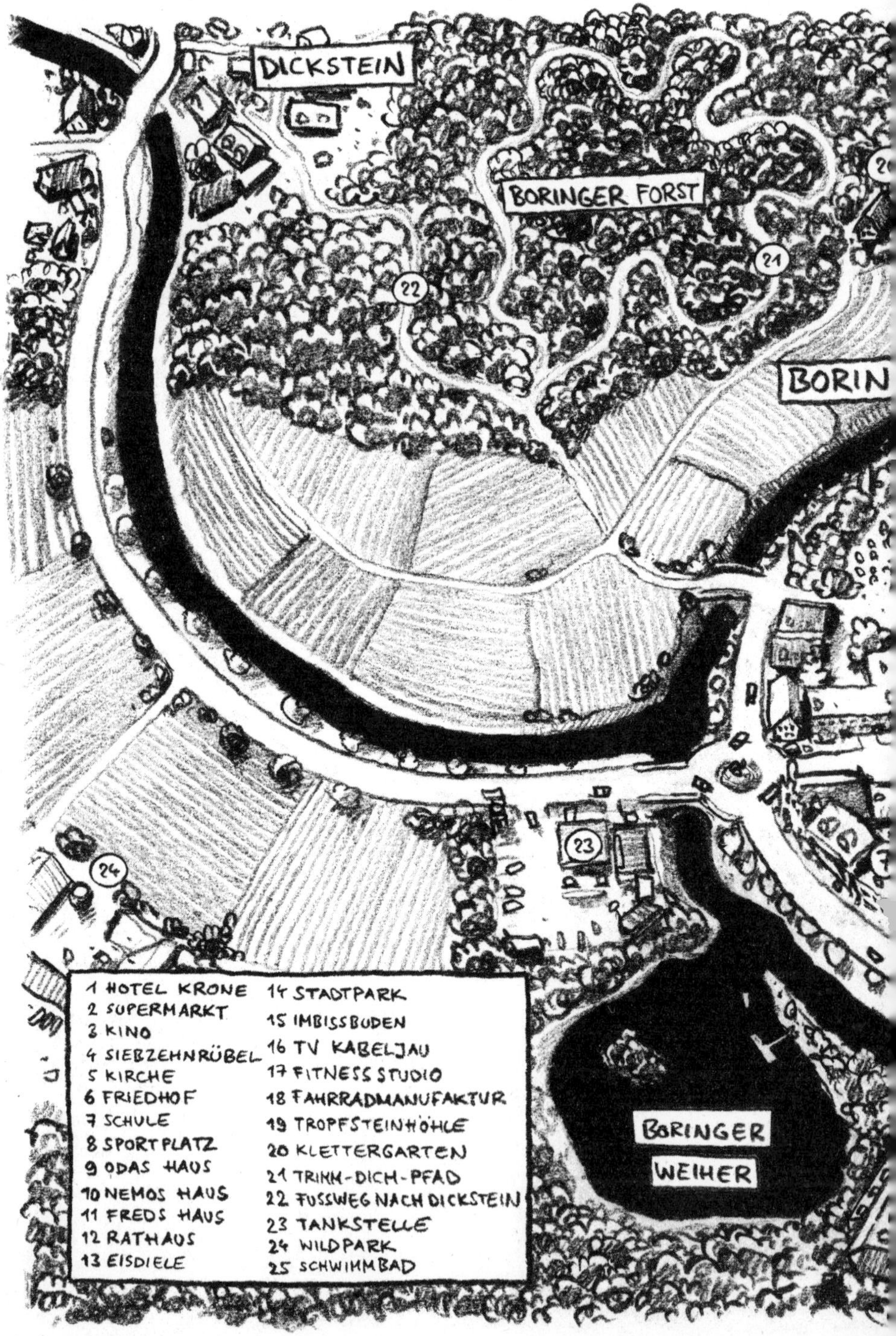

DICKSTEIN
BORINGER FORST
BORIN
22
21
23
24
BORINGER WEIHER
1 HOTEL KRONE
2 SUPERMARKT
3 KINO
4 SIEBZEHNRÜBEL
5 KIRCHE
6 FRIEDHOF
7 SCHULE
8 SPORTPLATZ
9 ODAS HAUS
10 NEMOS HAUS
11 FREDS HAUS
12 RATHAUS
13 EISDIELE
14 STADTPARK
15 IMBISSBUDEN
16 TV KABELJAU
17 FITNESS STUDIO
18 FAHRRADMANUFAKTUR
19 TROPFSTEINHÖHLE
20 KLETTERGARTEN
21 TRIMM-DICH-PFAD
22 FUSSWEG NACH DICKSTEIN
23 TANKSTELLE
24 WILDPARK
25 SCHWIMMBAD

BURGRUINE
1
2
3
4
5
8
9
10
11
12
13
14
15
16
17
18
19

Inhalt

Kapitel 1 Etwas stinkt zum Himmel **17**

Kapitel 2 Ein fehlender Fleck **22**

Kapitel 3 Über alle Berge **30**

Kapitel 4 Killermaus **36**

Kapitel 5 Frau Dr. Spargel schlägt zu **47**

Kapitel 6 Ein gruseliger Verdacht **52**

Kapitel 7 Oda beruhigt sich **60**

Kapitel 8 Schockierende Neuigkeiten **67**

Kapitel 9 Zwei aufschlussreiche Gespräche **75**

Kapitel 10 Fred in Gefahr **87**

Kapitel 11 Der dritte Yeti **96**

Kapitel 12 Dr. Mandelbrot **105**

Kapitel 13 Ein Haufen Bärendreck **110**

Kapitel 14 Fred hat ein schlechtes Gewissen **122**

Kapitel 15 Ein brillanter Plan **129**

Kapitel 16 Im Keller **135**

Kapitel 17 Ein perfekter Zwilling **142**

Kapitel 18 Botschaft für Hubsi **149**

Kapitel 19 Rinks und lechts **159**

Kapitel 20 Wahre Freunde **167**

Kapitel 21 Ravioli zum Frühstück **171**

Kapitel 22 Das Geständnis **176**

Kapitel 23 Wiedersehen mit einem Freund **186**

Kapitel 24 Im Boringer Forst **198**

Kapitel 25 Takacke! **205**

Kapitel 26 Ende und over **214**

Kapitel 27 Nicht alle Tassen im Schrank **219**

und los!

Einige Zeit früher …

„Zwoooosch!“
Korbinian drückte auf den Knopf auf Arkas’ Rücken und fuhr dessen Krallen aus. Er pikste mit einer der Klauen drei Pommes auf, tunkte sie ins Ketchup und schob sie sich in den Mund. Kauend grinste er seinen Onkel an, der neben ihm im Gastraum des Hotel Krone saß, wo sie sich vor dem Actionlauf noch ein wenig stärkten. Falls der überhaupt stattfand, da der Bonbonhagel weiter wütete.
„Zack! Zack! Zack!“
Korbinian ritzte mit den Klauen des Bärenkriegers drei Schrammen in die

Schnitzel-Panade seines Onkels. Er zerkratzte dessen Bierdeckel und zerfetzte die Speisekarte.

„Schluss jetzt!“ Jakob Kriegelstein nahm seinem Neffen das Spielzeug ab. Er setzte den Bärenkrieger auf die Fensterbank und lehnte ihn neben Icy Ice-Monsta an den Topf einer Grünpflanze. „Gehen wir deine Pfoten waschen! Du klebst ja vor Ketchup.“

Korbinian stand auf und trottete seinem Onkel hinterher. Arkas und Icy blieben auf der Fensterbank sitzen und blickten auf den Marktplatz hinaus.

Aber natürlich konnten die Spielzeuge mit ihren Glasaugen nicht wirklich etwas sehen. Weder die Holzwand, die beim

Spielwarenladen aufgebaut war, noch das große Zieltor, das vor dem Rathaus stand; nicht den Tisch mit den Gemüsesorten, den Herr Pinkowski unter dem Dach des Supermarkts vorbereitete, und auch nicht den Schatten, der ins Hotel Krone huschte, um einen von ihnen zu stehlen …

Pfeifend betrat der Dieb den Flur seines Hauses. Seine Laune hätte nicht besser sein können! Gut, dass er nach dem missglückten Versuch, den Teddy zu stehlen, gleich weitergezogen war. Das Spielzeug, das er Herrn Kriegelsteins Neffen stibitzt hatte, war viel besser! Schnurstracks ging er Richtung Küche.

Er freute sich schon darauf, das Spielzeug in eine Kiste zu packen und an den „Arsch der Welt“ zu schicken.
Doch was war das?
Der Dieb stutzte.
Auf dem Boden entdeckte er ein paar schwarze Fußstapfen. Rußflecken? Wie kamen die denn hierher?
Stirnrunzelnd öffnete er die Küchentür und trat an den Tisch. Wurde wohl Zeit, dass er den Boden mal wieder wischte.
Er bettete das Kuscheltier in eine Kiste, nahm Schere und Klebeband aus der Schublade und schrieb mit einem dicken Stift die Adresse auf den Karton:

AN NIEMAND!
WO DER PFEFFER WÄCHST
AM ARSCH DER WELT

Zufrieden kicherte der Dieb in sich hinein, als plötzlich ein Rumpeln erklang. Erschrocken hielt er inne. Das hatte sich angehört, als sei der Wischmopp umgefallen – der Wischmopp, den er schon seit einer Ewigkeit nicht mehr benutzt hatte!

Schnüffelte da etwa jemand in seiner Vorratskammer herum?

Der Dieb schniefte. Schwarze Tränen rannen ihm über die Wangen.

Sei's drum! Er würde sich nicht stören

lassen. Nicht im schönsten Moment des Tages. Er wandte sich wieder dem Päckchen zu.
Wer auch immer da in seiner Vorratskammer steckte: Es gab kein Entkommen! Er würde in aller Ruhe zu Ende packen ... und sich dann den Eindringling schnappen!

Im Wohnzimmer der Pinkowskis roch es stark verbrannt. Schuld daran war aber nicht das seltsame Päckchen, das Nemo erhalten hatte, sondern der letzte Pfannkuchen, der ihm auf dem Herd verkohlt war. Nun lag der schwarze Teigfladen dampfend im Mülleimer. Das Paket hatte Nemo auf dem Esstisch abgelegt. Beunruhigt standen die drei Freunde darum herum und starrten auf die zerstörte Verpackung. Die schwarze Tränenkruste, die das Päckchen verklebte, sprühte an manchen Stellen noch Funken. Kleine Rußwölkchen schwebten über dem zerfetzten Karton, auf dem in fetten Buchstaben stand:

BITTE NICHT ÖFFNEN
KRATZIG!

Fred nahm einen tiefen Schluck aus seinem Pokal und leckte sich den Kakao-Bart von den Lippen. „Sieht aus, als wäre die Kiste von innen geöffnet worden“, sagte er fachmännisch.
„Und ist sie wirklich leer?“ Fragend sah Oda Nemo an.
„Glaub schon.“ Neugierig beugte sich Nemo über das Loch im Deckel, als ihm plötzlich ein Auge entgegenblickte.
„Woah!“ Zu Tode erschrocken wich er zurück. „Da ist doch was drin!“
„Ach, du heiliger Bimbam!“ Fred wurde bleich. Entsetzt starrten sie alle drei auf das Auge, das angstvoll zurückglotzte. Es war weit aufgerissen

und quoll unnatürlich hervor. Winzige rote Äderchen überzogen den Augapfel.
Nemo beruhigte das etwas.
„Was auch immer da in der Kiste ist", sagte er, „es hat mindestens so viel Angst vor uns wie wir vor ihm."
Vorsichtig näherte er seine Hand dem Loch in der Kiste und zupfte es ein wenig weiter auf.
„Was machst du denn da?" Hastig trank Fred seinen Pokal leer und hielt ihn in die Höhe, um ihn im Ernstfall über das Wesen zu stülpen, falls es plötzlich heraussprang.
Oda kaute nervös auf ihrer Unterlippe.
Misstrauisch verfolgte sie, wie Nemo den Deckel aufriss. „Hoffentlich hast du recht."
Mit bebenden Herzen beugten sie sich über den Tisch und spähten in den Karton.
Erleichtert ließ Fred den Pokal wieder sinken. Er atmete auf.
„Nur eine Maus!"
„Wie niedlich!" Entzückt sah Oda auf das graue

Fellknäuel, das sich ängstlich in eine Ecke drückte.

„Die zittert ja wie Espenlaub“, stellte Fred mitfühlend fest. „Die Arme sieht aus, als ob sie den leibhaftigen Teufel gesehen hätte.“ Er stellte seinen Pokal ab und streichelte der Maus zärtlich über den Rücken. Langsam entspannte sie sich.

„Ihr Fell ist ganz weich“, rief er verzückt.

„Und guckt mal, ihr süßes Schnäuzchen!“ Oda hielt der Maus ein Stück Pfannkuchen hin, das diese in ihre winzigen Pfötchen nahm und genüsslich mümmelte.

„Wie goldig!“ Fred war ganz aus dem Häuschen. „Können wir sie behalten?“

„Zumindest eine Weile“, meinte Oda. „Da es diesmal ein harmloses Kuscheltier ist, müssen wir es ja nicht unbedingt sofort zurückbringen. Wir können uns erst mal auf den Dieb konzentrieren und ihn stoppen, bevor er auf Reisen geht! Sonst beklaut er noch Kinder in anderen Ländern und sorgt weltweit für Wetterchaos.“

Nemo, der schon eine ganze Weile nichts mehr gesagt hatte, sah sie nachdenklich an.
„Was ist denn mit dir los?“ Oda gab ihm einen sanften Stups in die Rippen. „Warum bist du so still?“
„Ja!“ Fred grinste seinen Freund an. „Freust du dich nicht? Mit so einem Monster kommen wir doch sicher gut klar.“
Behutsam nahm er die Maus auf den Handteller und kraulte ihr den Nacken. „Wir können die Maus sogar mit auf die Suche nehmen.“
„Sicher“, murmelte Nemo und rang sich ein Lächeln ab. Er wollte die anderen nicht beunruhigen, aber in seinem Kopf kreisten ein paar unbeantwortete Fragen: Warum sah das Paket so zerfetzt aus? War wirklich die kleine, süße Maus dafür verantwortlich? Zweifelnd betrachtete er ihre rosaroten Pfötchen. Die durchsichtigen Krallen wirkten alles andere als *kratzig*.
„Irgendetwas stimmt hier nicht“, murmelte er.
„Irgendetwas stimmt hier ganz und gar nicht …“

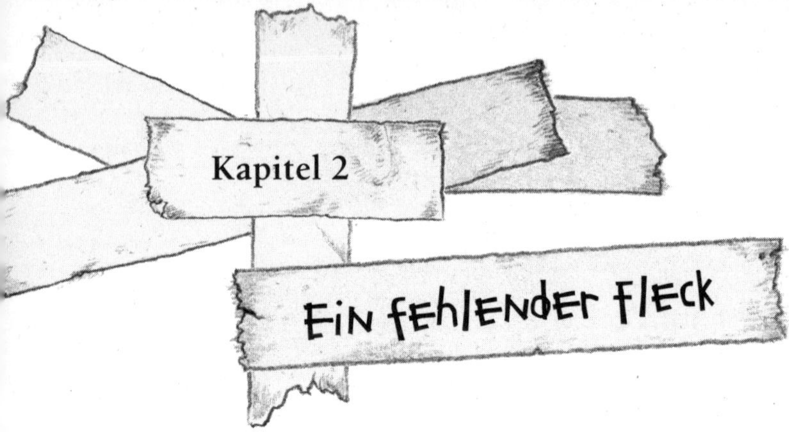

Kapitel 2

Ein fehlender Fleck

„Und warum glaubst du nicht, dass die Maus das verzauberte Spielzeug ist?“, fragte Fred, nachdem Nemo ihn und Oda in seinen Verdacht eingeweiht hatte.
„Weil ihre Krallen nicht kratzig sind!“ Nemo öffnete den Wohnzimmerschrank, um das leere Päckchen darin zu verstauen. Seine Eltern würden sich sonst sicher sehr wundern, wenn sie nach Hause kamen und eine dermaßen zerfetzte Kiste auf ihrem Esstisch vorfanden. „Außerdem spricht sie nicht“, sagte er und schob die Kiste entschlossen zwischen die große Spielesammlung

und das Schachbrett. „Und sie wächst auch nicht."
„Na und?", entgegnete Fred. „Das ist doch nicht weiter ungewöhnlich. Schließlich ist sie eine Maus! Die ist von Haus aus klein und kann nicht sprechen."
„Fred hat recht!", sagte Oda überzeugt und ging zur Terrassentür, um zu lüften. Noch immer hing der Geruch des verbrannten Pfannkuchens im Raum. „Sie ist das erste Spielzeug, das kein Fabelwesen ist."
„Kann schon sein", murmelte Nemo nachdenklich und betrachtete die Maus in Freds Händen. „Trotzdem, irgendwas stimmt mit ihr nicht."
„Hör nicht auf ihn!" Zärtlich schmiegte Fred sein Kinn an das samtweiche Mausefell. „Mit dir stimmt alles ..."
Plötzlich schrie er erschrocken auf.
„Igitt!"
Angeekelt sah er an seinem Trikot hinunter. „Sie hat mich angepinkelt!"

Oda kicherte. Auf Freds Brust breitete sich ein dunkler Fleck aus. „Sieht aus, als hättest du zu deinem Pokal noch einen Orden bekommen."
Nemo nahm einen Lappen aus der Spüle und tupfte damit auf dem Pipi-Fleck herum. Plötzlich hielt er inne. „Moment mal! Jetzt weiß ich, was noch seltsam ist: Die Maus hat keinen schwarzen Fleck auf der Brust!"
„Aha." Fred setzte die Maus auf der Küchentheke ab, nahm Nemo den Lappen aus der Hand und rubbelte selbst weiter. „Und warum sollte das wichtig sein?"
„Weil bisher alle Spielzeuge einen hatten! Ich bin mir sicher: Der Fleck hat etwas damit zu tun, dass sie lebendig wurden."
Fred hörte auf zu rubbeln und rümpfte die Nase. „Meinst du, sie sind auch angepinkelt worden?"
„Nein. Ich glaube, die Flecken stammen von Tränen."
„Von Tränen?" Oda und Fred sahen Nemo erstaunt an.

ARIA

Nemo nickte. „Als ich in Hubsis Speisekammer stand, habe ich beobachtet, wie er das Spielzeug verpackt hat. Dazu hat er geweint. Beziehungsweise …“ Er stockte kurz. „Irgendwie hat es sich auch angehört, als ob er lachte. Wobei sein Lachen nicht wirklich glücklich klang. Eher gequält. Wie Hühner-Gegacker. Jedenfalls sind Hubsi plötzlich Tränen übers Gesicht gelaufen und in die Kiste getropft. Und das Irrste: Sie waren so schwarz wie Tinte.“

„Wie Tinte?“ Fred guckte ungläubig.

„Sonderbar!“

„Hm …“ Prüfend betrachtete Oda die Maus, die munter auf der Arbeitsplatte herumkrabbelte und mit ihren winzigen Pfötchen den Schalter des Wasserkochers betätigte. Wasserlos begann das verkalkte Gerät vor sich hin zu brutzeln. Oda schaltete es aus und nahm die Maus auf ihre Hände, als diese versuchte, den Schalter erneut hinunterzudrücken. „Tatsächlich! Sie hat keinen Fleck auf der Brust“, stellte sie fest.

„Vielleicht ist er abgegangen?“, überlegte Fred. „Oder jemand hat ihn mit Tintenkiller entfernt? Denn wenn die Maus nicht das Spielzeug ist, warum war sie dann in der Kiste?“

Nemo schmunzelte. „Das weiß nur einer.“

„Hubsi!“ Grimmig pfefferte Fred den Lappen zurück in die Spüle.

„Jep!“ Nemo machte ein paar Schritte zur Tür. „Sicher ist er gleich da. Er hat doch versprochen, uns zu erklären, wieso er den Boringer Kindern das Spielzeug klaut.“

„Ja klar!“ Oda schnaubte höhnisch. „Und Boring ist eine pulsierende Großstadt! Warum, glaubst du, ist er bis jetzt nicht aufgetaucht?“

„Vielleicht wollte er zuerst duschen?“, riet Nemo schwach und betrachtete sich stirnrunzelnd im Spiegel über der Kommode. Auch ihm würde eine Dusche ganz guttun! Er war immer noch verschwitzt vom Actionlauf und auf seinen Wangen prangten Rußflecken von einem Parcours-Lauf der ganz anderen Art. Kurz vor dem sportlichen Wettlauf durch Boring, den Freds Vater veranstaltet hatte, war Nemo durch mehrere Gärten geklettert, um auf kürzestem Weg zu Hubsis Haus zu gelangen. Er war über Zäune und Mauern gehüpft und schließlich durch Hubsis Kamin in dessen Wohnzimmer gerutscht. In der Speisekammer hatte er eine seltsame Trophäensammlung entdeckt: sieben Einmachgläser, in denen jeweils ein kleines Souvenir steckte – ein Andenken an jedes Spielzeug, das der Wettermann geklaut und an den *Arsch der Welt* geschickt hatte.

Oda verdrehte die Augen. „Oh Mann! Kapier es endlich! Dein Idol hat uns reingelegt!" Sie schob die Maus in den Ärmel ihrer Trainingsjacke und schaltete den Fernseher aus. „Wir müssen Hubsi finden und ihn zur Rede stellen, bevor es zu spät ist!" Kaum hatte sie es ausgesprochen, sprang der Kuckuck aus dem Uhrenkasten und piepte acht Mal.

„Es *ist* schon zu spät!" Fred schnappte sich seinen

Pokal und schichtete die restlichen Pfannkuchen hinein. „Ich wollte längst zu Hause sein und eine kleine Siegesfeier machen."
Oda rief: „Ich meine, bevor es zu spät ist, um Hubsi zu stoppen! Immerhin hat er gerade angekündigt, auf Weltreise zu gehen."
Nemo wurde bleich.
„Du hast recht. Na los!" Er schnappte sich seine Jacke und schob seine Freunde aus dem Haus. „Wir müssen Hubsi erwischen, bevor er die Stadt verlässt! Eben war er noch auf dem Marktplatz und hat seine Sendung aufgezeichnet. Weit kann er also nicht sein."

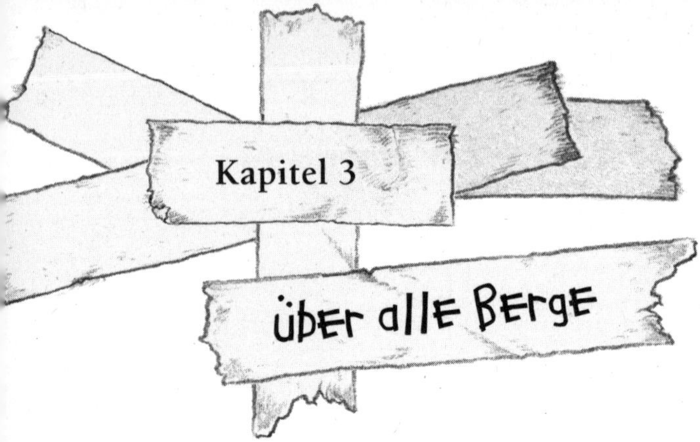

Kapitel 3

Über alle Berge

Der Herbstwind wehte einen zuckrigen Duft über den Marktplatz, auf dem fleißig aufgeräumt wurde. Überall schaufelten Freiwillige die bunten Bonbons, die seit dem großen Bonbonhagel Borings Straßen bedeckten, in Säcke, Eimer und Körbe. Die wenigen Kinder, die um diese Uhrzeit noch draußen sein durften, stopften sich die Backen und Hosentaschen voll. Fred tat es ihnen gleich und füllte ein paar Bonbons in seinen Pokal, während sein Vater mit mehreren Helferinnen und Helfern die Holzwand vor dem Spielwarenladen abbaute, über die man beim Actionlauf hatte klettern müssen. Eine andere Aufgabe war es gewesen, so viele Gemüsesorten wie möglich zu erkennen. Dabei hatte Nemo die allermeisten Punkte abgesahnt. Kein Wunder als Sohn der örtlichen Supermarktbetreiber. Er beobachtete, wie seine Eltern die Gemüsekisten zurück in den Laden schleppten. Selbst Herr Kriegelstein und Korbinian halfen mit. Der reiche Besitzer der Boringer Fahrradmanufaktur und sein verwöhnter Neffe hoben mit dicken Handschuhen die Holzscheite hoch, die vor dem Ziel eine brennende Hürde gebildet hatten.

Nur einer war leider nicht da.

„Mist! Hubsi ist schon weg!“ Nemo seufzte enttäuscht, während Oda sich wunderte: „Komisch, Herr Kriegelstein und Korbinian lassen die verkohlten Holzscheite wieder fallen, anstatt sie in die Schubkarre zu werfen.“

„Hey, hallo, ihr drei!“ Freds Vater winkte sie zu sich. „Wollt ihr uns helfen?“

„Nein danke!“, lehnte Oda höflich ab, als ob Herr

Koch ihnen Limonade angeboten hätte. Sie machte auf dem Absatz kehrt und hetzte weiter. Eilig liefen Fred und Nemo ihr hinterher. Die Bonbons in Freds Pokal rasselten.

„He, wo willst du denn hin?“, japste Nemo, als sie Oda endlich vor dem Café Kandis eingeholt hatten.

„Na, zu TV Kabeljau! Vielleicht ist Hubsi noch dort?“ Oda ging etwas langsamer. „Was glaubt ihr, warum macht er das alles – Kindern ihr Spielzeug klauen und so?“

„Hm ...“ Nemo dachte über Odas Frage nach, während er ihrem hüpfenden Pferdeschwanz Richtung Industriegebiet folgte. „Vielleicht findet er es auch stinklangweilig in Boring, so wie ich? Immerhin ist hier endlich mal was los, seitdem er die Päckchen verschickt.“

„Das kannst du laut sagen!“, rief Fred von hinten, während sie sich dem kastenähnlichen Bau des Lokalsenders näherten. Schon von Weitem leuchtete ihnen das Logo entgegen – ein stilisierter

Fisch. Schließlich war TV Kabeljau mit der gleichnamigen Angelsendung groß geworden. Erst später kamen die *Beauty-Sendung*, der *Sportliche Wetterbericht* und natürlich *Grenzenlose Liebe* hinzu, die Soap-Opera, in der Odas Eltern die Hauptrollen spielten.
Gemeinsam liefen die Freunde auf das verglaste Pförtnerhäuschen zu, dessen Scheiben mit Autogrammkarten der größten Stars des Senders gepflastert waren. Nemo erkannte Bella Blüte mit ihrem schwarzen Pagenkopf wieder, Odas Eltern und natürlich Hubsi Hubert. So doof er es fand, dass der Wetterfrosch kleinen Kindern das Spielzeug klaute, so sehr fühlte er sich doch immer noch mit dem coolen Moderator verbunden. Nemo wurde das Gefühl nicht los, dass Hubsi und er eigentlich Seelenverwandte waren. Heimliche Helden, viel zu bedeutsam für dieses langweilige Kaff.
„Hanswurst!"
„Wie bitte?" Nemo glotzte Oda verwundert an.

„*Narr* mit neun Buchstaben." Sie deutete durch das kleine Schiebefenster auf das Kreuzworträtselheft, das vor dem Pförtner lag.
„Oh, hallo, Oda." Der Pförtner sah erfreut auf. Doch schon im nächsten Moment schrie er erschrocken: „Was ist denn das!?" Angewidert starrte er auf die Maus, die aus Odas Ärmel guckte.
„Ein Krokodil", scherzte Oda und fragte: „Ist Hubsi da?"
„Glaub nicht." Der Pförtner legte seinen Stift zur Seite und schüttelte den Kopf. „Er ist verreist. Zumindest ist er vorhin mit einem riesigen Rucksack an mir vorbeigelaufen."
„Scheibenkleister!", fluchte Fred ungeniert.
Nemo sah sich suchend um. „In welche Richtung ist er gelaufen?"
„Hab ich nicht mitgekriegt." Bedauernd hob der Pförtner die Schultern.
Eilig verabschiedeten sie sich und hasteten weiter zum Bahnhof, dann zum Taxistand und

schließlich zu den Imbissbuden. Sie befragte alle, die ihnen über den Weg liefen. Aber niemand hatte Hubsi gesehen.
„Wir sind zu spät!“ Enttäuscht kickte Oda eine leere Coladose zur Seite. „Hubsi ist über alle Berge.“
„Keine Sorge!“ Nemo beruhigte sie. „Gleich morgen früh besuchen wir Franz Ach. Der hat schließlich das Päckchen entgegengenommen. Wer weiß? Vielleicht hat Hubsi ihm verraten, wo er hin ist.“
Oda sah Nemo hoffnungsvoll an. „Und dann reisen wir Hubsi hinterher und machen ihn dingfest?“
„Sonst noch was?!“, platzte Fred erschrocken heraus.
Aber Nemo grinste breit. Manchmal war Oda genauso abenteuerlustig wie er!

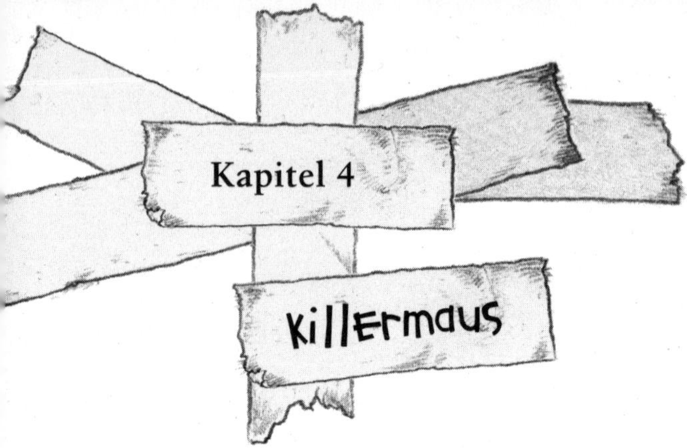

Am nächsten Morgen duftete Nemo nach Vanille, als er frisch geduscht bei Oda klingelte. Fred, der seinen Pokal mitgebracht hatte und offensichtlich nie wieder hergeben wollte, schnupperte an ihm.
„Du riechst ein bisschen wie Icy“, stellte er fest, als sich in dem Moment die Tür öffnete.
„Guten Morgen, ihr beiden!“, grüßte Frau Mandelbrot freundlich.
„Es zieht!“, brüllte Odas Vater vom Wohnzimmer her. Kurz darauf knallte irgendwo im Haus eine Tür.
Frau Mandelbrot seufzte tief. „Dieser Wind!

Kommt schnell rein!" Eilig zog sie die Jungs in den Flur.
Nemo war überrascht. Obwohl es Sonntag war und noch sehr früh, war bei den Mandelbrots schon einiges los. Odas Mutter wuselte durchs Haus und packte ihren Koffer. Sie und ihr Mann mussten am nächsten Morgen zu Dreharbeiten verreisen. Odas Vater, der schon fertig gepackt hatte, machte im Wohnzimmer Yoga. Oda saß in der Küche, im geblümten Schlafanzug, die Knie gegen die Tischkante gelehnt, und frühstückte mit ihrem französischen Au-pair-Mädchen.
„Nimm diese eklige Vieh vom Tisch!" Angeekelt deutete Bernadette zur Butter, auf der die Maus hübsche Pfötchenspuren hinterließ.
„Das ist kein ekliges Vieh!", protestierte Oda und setzte das kleine Nagetier vor den Toaster. Sofort machte die Maus Männchen und drückte die Taste hinunter. „Schau her! Sie kann sogar Haushaltsgeräte bedienen. Vielleicht ist sie ein verzaubertes Spielzeug."

Bernadette lachte. „Du und deine Geschicht! Du hast wirklisch eine blühende Fontaisie.“
„Bist du fertig?“, fragte Nemo ungeduldig.
„Ich komme!“ Hastig schob sich Oda den Rest ihres Toastbrots in den Mund, wischte die buttrigen Finger am Schlafanzug ab und stand auf. „Aber wo sollen wir Franz Ach suchen?“, fragte sie mampfend und spülte den letzten Bissen mit einem Schluck Tee hinunter. „Die Post hat am Sonntag geschlossen.“
„Ich schlage vor, im Rathaus“, sagte Fred. „Schließlich ist Franz Ach auch Bürgermeister.“
„Selbst der Bürgermeister hat sonntags frei“, wandte Oda ein.
„Ihr sucht der Postbot?“, mischte sich Bernadette in das Gespräch ein.
„*Den* Postboten“, korrigierte Oda.
Aber das Au-pair-Mädchen ließ sich nicht beirren. „Isch weiß, wo er verbringt seine Sonntage.“
„Wo denn?“ Interessiert sahen die Kinder sie an. Odas rechte Augenbraue warf eine hübsche

fragende Kurve. Für einen Moment war Nemo abgelenkt.

„In die Eisdiele." Bernadette lächelte geheimnisvoll.

„*Der*", korrigierte Oda.

„*Der* Eisdiele?" Bernadette guckte ungläubig.

„Nein, *die*", sagte Fred.

„'ab isch doch gesagt!"

„Ach, vergiss es!" Oda nahm die Maus vom Tisch und lief aus der Küche. Sie sprang die Stufen zu ihrem Zimmer hoch und kam zwei Minuten später in Sweatshirt und Latzhose wieder herunter.

„Es zieht!", brüllte ihr Vater erneut, als sie das Haus verließen. Kurz darauf knallte irgendwo eine Tür.

Bernadette hatte recht. Tatsächlich fanden sie Franz Ach in der Eisdiele. Er saß zusammen mit Claudio an einem Tisch und spielte Scrabble. Der Eisdielen-Besitzer trank einen Espresso, Franz Ach verputzte einen *Pinocchio-Becher*. Wie passend!, fand Nemo, dem einfiel, dass auch Pinocchio ein lebendig gewordenes Spielzeug war.

„Ciao“, begrüßte Claudio die Kinder. „Wollt ihr ein Eis?“

„Unbedingt!“ Fred streckte ihm seinen Pokal entgegen. „Können Sie die Kugeln hier reinfüllen? Das ist der Pokal, den ich beim Actionlauf gewonnen habe“, gab er an. „Ich hätte gerne Schokolade und Stracciatella. Und wenn's geht, auch ein bisschen Schlagsahne.“ Während Fred mit Claudio zur Gefriertruhe ging, setzten sich Nemo und Oda zu Franz Ach.

„Was ist mit euch?“, fragte der Bürgermeister.

„Wir wollten zu Ihnen.“ Oda legte mit seinen Spielsteinen das Wort ZAHNPASTA.

„Zu mir?“ Franz Ach lächelte geschmeichelt. „Alright! Aber ihr müsst mich nicht siezen, nur weil ich jetzt Bürgermeister bin. Was kann ich für euch tun?“

„Wir brauchen Sie, äh, dich eher als Postboten“,

gestand Nemo. „Wir haben ein paar Fragen zu dem Päckchen, das du uns gestern gebracht hast."
„Oh." Betroffen senkte Franz Ach den Blick. „Tut mir echt leid, dass es so ramponiert war."
„Dafür kannst du ja nichts", beruhigte ihn Nemo und schob einen Gedanken hinterher, der ihm erst jetzt kam: „Oder war das Päckchen noch ganz, als Hubsi es dir gebracht hat?"
„Hubsi?" Franz Ach sah überrascht auf.
Oda nickte. „Der Wettermann. Weißt du vielleicht, wohin er verreist ist?"
„Äh ..." Der Postbote wuschelte sich verwirrt durch die Dreadlocks. „Keine Ahnung, wovon ihr sprecht. Ich hab nicht mal gewusst, dass das Päckchen von ihm ist. Es lag einfach nur da. Vor der Post. Und ja ...", schuldbewusst rührte er in seinem schmelzenden Eis, „da war es noch völlig intakt." Sein Blick hob sich zu Oda. „Aber wohin Hubsi gereist ist? Keinen Plan, ey."
„Okidoki." Seufzend sah Oda zu Fred, der mit seinem Eispokal zurück an den Tisch kam. „Dann

müssen wir wohl auf den sportlichen Wetterbericht warten. Vielleicht verrät Hubsi in seiner Sendung, wohin er gefahren ist." Sie stand auf. Aber Nemo war noch nicht fertig.

„Ab wann war das Päckchen denn kaputt?", hakte er nach. „Kannst du uns zeigen, wo es gelegen hat?"

„Jo, Mann! Natürlich." Franz Ach schien froh, endlich etwas für sie tun zu können. Er stand auf und ging mit den Kindern nach draußen. Claudio folgte ihnen, um die Servietten und Eiskarten vom Boden zu klauben, die der Wind von den Außentischen gefegt hatte. Die beiden Männer verabredeten sich für den Nachmittag zu einem weiteren Spielchen, dann begleitete Franz Ach die drei Freunde zur Post.

Als sie das hohe Gebäude erreicht hatten, deutete er auf die Stufen vor dem Eingang. „Genau hier hat das Päckchen gelegen. Ich hab es zum Schalter gebracht und bin weiter zum Actionlauf. Als Bürgermeister hab ich ja die Eröffnungsrede gehalten." In seiner Stimme schwang Stolz mit, der von einem leisen Bedauern abgelöst wurde. „Als ich zurückkam, war das Päckchen auf einmal kaputt." Franz Ach sperrte die Tür zum Postgebäude auf und klagte: „Das waren bestimmt die Mäuse."

„Die Mäuse?!", riefen Nemo und Oda erstaunt. Ihre Stimmen hallten in dem steinernen Foyer wider, in dem ansonsten nur Freds Schmatzen zu hören war. Genüsslich löffelte er das Eis aus seinem Pokal.

„Jo, Mann. Mit denen haben wir schon lange ein massives Problem. Die Biester nagen Pakete und Kabel an und haben sogar ein Loch in mein Pausenbrot gefressen. Wir haben schon alles Mögliche versucht, aber nichts hat geholfen. Als Nächstes wollten wir uns eine Katze anschaffen." Franz Ach deutete auf eine bodennahe Klappe, die erst neulich in die Tür eingebaut worden war. „Aber anscheinend hat sich das Problem von allein erledigt."

„Von allein?“ Nemo musterte ihn neugierig.
Franz Ach nickte. „Seit gestern habe ich keine einzige Maus mehr gesehen. Es scheint, als hätten sie das Gebäude fluchtartig verlassen.“
Nemo bückte sich und untersuchte die Katzenklappe etwas genauer. Besorgt strich er über das verkratzte Holz. „Was, glaubst du, hat die Mäuse vertrieben?“
„Keine Ahnung.“ Franz Ach zuckte die Schultern. „Wahrscheinlich das, was in dem Päckchen war. Danach wollte ich euch eh schon fragen.“
„Das wissen wir leider auch nicht“, sagte Oda schnell.
„Tjoa, dann ...“ Franz Ach begleitete sie nach draußen. „Eines ist jedenfalls klar“, sagte er, sobald sie wieder auf dem Gehweg standen. „Was auch immer es war, es muss Furcht einflößend gewesen sein!“

„Oh Mann!“ Nemo stöhnte laut auf, als sie wieder allein waren. „Habt ihr das gesehen?“

„Was?“ Fred leckte die Eisreste aus seinem Pokal.
„Na, die Katzenklappe war völlig verkratzt!“
„Kein Wunder“, sagte Oda. „Wenn da lauter Mäuse durchgehopst sind. Unglaublich, dass unsere Maus sie vertrieben haben soll.“ Sie fischte das kleine Fellknäuel aus dem Latz ihrer Hose und betrachtete es skeptisch.
Nemo sah sie fassungslos an. „Glaubst du etwa immer noch, dass die Maus das verzauberte Spielzeug ist?“
„Hm …“ Fred dachte nach. „Du hast recht. Sie sieht eher harmlos aus. Aber vielleicht ist sie so eine Art Killer-Maus?“
„Killer-Maus?“ Oda warf ihm einen verächtlichen Blick zu. „Nicht dein Ernst! Wenn, dann nur, weil sie so gerne gekillert wird!“ Kichernd kraulte sie der Maus den Bauch und hielt sie dabei gebührend auf Abstand, um nicht wie Fred angepinkelt zu werden.
„Nein! Kapiert ihr’s nicht?“, rief Nemo. „Sie ist keine Killer-Maus, sondern das siebte Geißlein.“

„Hä?“ Fred glotzte ihn verständnislos an.
Oda war etwas schneller von Begriff. „Na klar!“ Ihre hellgrauen Augen blitzten begeistert auf. „So wie im Märchen! Als der böse Wolf in das Haus der Ziegenmutter eingedrungen ist, hat sich das siebte Geißlein im Uhrenkasten versteckt. Nemo meint, dass unsere Maus in die Kiste gekrochen ist, anstatt wie die anderen durch die Katzenklappe zu fliehen. Wie schlau!“
„Danke.“ Nemo lächelte geschmeichelt.
Oda schüttelte den Kopf. „Ich meine doch die Maus, nicht dich.“
„Ach so.“
„Ja ... gut“, stammelte Fred und ließ den Pokal sinken. „Aber wenn unsere Maus das Geißlein ist ... wer ist dann der Wolf?“

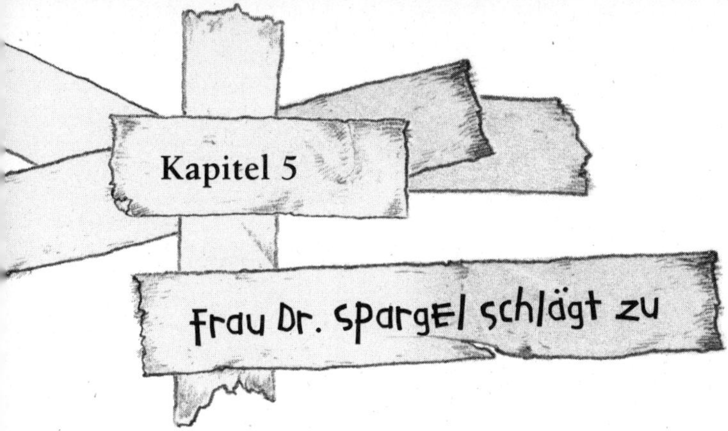

„Was glaubst du, was in dem Päckchen war?“, flüsterte Nemo Oda am Montagmorgen zu, während Frau Dr. Spargel – die sie seit diesem Jahr im Geschichtsunterricht hatten – mehrere Daten an die Tafel kritzelte.

„819 – Knut von der Kuhweide erwähnt in der *Legende von Dickstein* zum ersten Mal den Boringer Berg. 1234 – Bettina von der Bettenburg baut ihrem Gatten ein Kastell auf der Anhöhe. 1432 – Stadtgründung durch Giesbert den Gähner.“

„Auf jeden Fall etwas Kratziges.“ Oda stellte ihr

Federmäppchen so auf, dass Frau Dr. Spargel die Maus dahinter nicht sehen konnte. Alle wussten, wie streng die Direktorin war. Sobald sie ein Handy, ein Spielzeug oder einen Schokoriegel entdeckte, wanderte der *unterrichtsferne Gegenstand* sofort in eine Kiste im Keller, wo man ihn erst am Schuljahresende wieder abholen durfte. Aber wer wollte schon monatelang auf sein Telefon verzichten oder seinen Schokoriegel abholen, wenn er längst vergammelt war?

„Vielleicht ein Igel oder ein Kätzchen?", überlegte Oda.

Nemo stöhnte laut auf. „Hoffentlich kein Raubkätzchen!"

„Mein lieber Herr Pinkowski", mahnte Frau Dr. Spargel. „Sie finden Borings Geschichte wohl langweilig?"

„Was denn sonst?" Grummelnd beugte sich Nemo wieder über sein Heft. Doch sobald die Direktorin sich abgewandt hatte, wisperte er: „Jedenfalls hat das verzauberte Spielzeug mit

Wind zu tun. Der Sturm hat seit gestern noch zugelegt."

Nachdenklich blickte er aus dem Fenster, wo wippende Zweige an der Glasscheibe kratzten. Nur dumpf drang Frau Dr. Spargels Stimme weiter zu ihm durch: „Ende des 19. Jahrhunderts – Bau des Rathauses und der Schule. 1966 – Eröffnung des Industriegebiets mit TV Kabeljau, dem Einkaufszentrum und dem Schwimmbad. 1993 – Umbenennung der Schule in *Ernst-Jandl-Schule* auf Betreiben des Forscher-Ehepaars Hubert."

„Hubert?" Nemo horchte kurz auf.

„Wo ist eigentlich Fred?" Oda deutete mit ihrem Stift auf den leeren Platz neben Nemo.

Nemo zuckte mit den Schultern. „Weiß ich auch nicht. Ich habe bis kurz nach acht auf ihn gewartet, aber er hat mich nicht abgeholt."

„Ungewöhnlich", murmelte Oda, während Frau Dr. Spargel das letzte Datum an die Tafel notierte. In dem Moment gongte es. Oda sah auf dem Stundenplan nach, was sie als Nächstes hatten,

und holte die Sachen für den Kunstunterricht heraus. Dabei stieß sie aus Versehen ihr Federmäppchen um.
„Iiiih!" Entsetzt kreischte die Direktorin auf. „Was ist denn das?" Mit zwei Schritten war sie an ihrem Tisch und zeigte mit einem rot lackierten Fingernagel auf die Maus. Mit einer raschen Handbewegung stülpte sie Odas Malbecher über das Tier und schob den großen Zeichenblock darunter. „Regel Numero uno", keifte die Direktorin. „Keine unterrichtsfernen Gegenstände in der Schule! Wie oft muss ich euch das noch sagen? Und dann auch noch ein Nagetier! Das ist ja so was von ekelhaft!" Sie marschierte zur Tür.
„Halt!", rief Oda ihr hinterher. „Wo bringen Sie sie hin?"
„Na, wohin wohl?", schnauzte die Direktorin.
„Bitte nicht in die Kiste im Keller!", sprang Elif Oda bei. „Da verhungert sie sicher."
„Ja." Liliane traten Tränen in die Augen. „Das wär ja fies! Oda will ihre Maus sicher behalten."

„Immer mit der Ruhe!“, ermahnte Frau Dr. Spargel die aufgebrachte Klasse. Genervt drehte sie sich noch einmal zu Oda um. „Dann will ich mal nicht so sein. Ausnahmsweise kannst du nach dem Unterricht zum Abholen kommen.“ Die Direktorin lächelte zuckersüß. Aber hinter ihrer stark geschminkten Fassade konnte Nemo etwas Hinterhältiges erkennen.

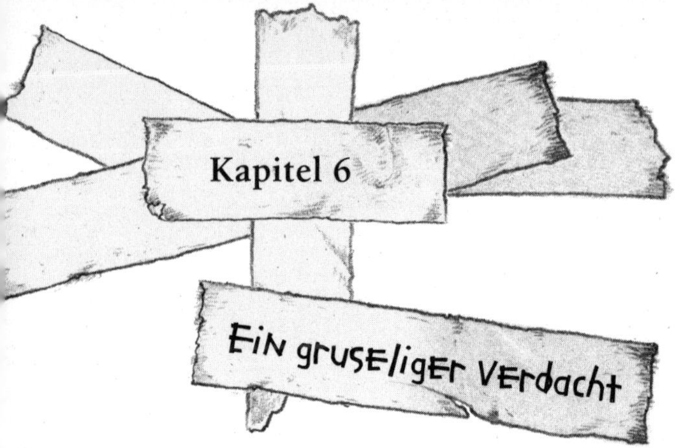

Kapitel 6

Ein gruseliger Verdacht

Oda schluckte erschrocken, als sie nach der letzten Stunde mit Nemo vor dem Direktorat darauf wartete, dass Frau Dr. Spargel sie reinließ. Durch die halb offene Tür konnte sie in das große Büro spähen. Vor dem wuchtigen Schreibtisch stand Lorenz Conrad, ein Junge aus der Abschlussklasse, und neben ihm, ein paar Köpfe kleiner, Leon, der Sohn des Zahnarztes, der erst in die zweite Klasse ging. Auf dem Tisch lag sein Schulranzen, der übel zugerichtet aussah! Fast schien es so, als wären die Dinos darauf lebendig geworden und hätten mit ihren Klauen den eigenen Stoff zerfetzt.

„Ich war das nicht“, beteuerte Lorenz. „Warum wird immer alles mir in die Schuhe geschoben? Ich hab den Ranzen nur rein zufällig entdeckt.“
„Soso.“ Argwöhnisch klackerte Frau Dr. Spargel mit ihren roten Fingernägeln auf der Schreibtischplatte herum. „Und du hast niemanden gesehen, der den Ranzen geklaut haben könnte?“
Lorenz schüttelte den Kopf.
„Und du, Schätzchen?“ Die Direktorin wandte sich an Leon. „Hast du Lorenz dabei beobachtet, wie er deinen Ranzen ins Rosenbeet geworfen hat?“
„Nicht direkt“, gab der Zweitklässler zu.
„Schade!“ Frau Dr. Spargel seufzte tief. „Ohne Beweise kann ich aber leider niemanden bestrafen.“
Oda und Nemo warfen sich einen vielsagenden Blick zu. Das glaubten sie der Direktorin sofort, dass ihr das leidtat.
Sie beobachteten, wie sich Frau Dr. Spargel von

ihrem Bürostuhl erhob und Leon den Ranzen vom Tisch reichte. „Also pass das nächste Mal besser auf“, riet sie und führte die beiden Schüler aus dem Zimmer. Ungeduldig winkte sie Oda herein. Nemo wollte ihr folgen, aber Frau Dr. Spargel knallte ihm die Tür vor der Nase zu.
„Und?“, fragte er, als Oda kurz darauf wieder herauskam.
„Diese Mistgurke hat mich reingelegt!“ Oda deutete auf den Zeichenblock unter ihrem Arm. „Alles, was ich abholen durfte, waren meine Malsachen.“
„Und die Maus?“
„Hat sie behalten.“ Oda schniefte empört. „Angeblich will die Spargel sie füttern.“
„Keine Sorge.“ Nemo wagte es, ihr tröstend einen Arm um die Schultern zu legen. „Die holen wir uns wieder! Außerdem fühlt sich eine Maus im Keller sicher *pudel*wohl.“ Oda lächelte schwach. „Komm, ich lade dich auf einen Falafel-Dürüm ein und dann gehen wir zu dir und gucken Hubsis

Wetterbericht. Mit etwas Glück verplappert er sich und verrät, wo er ist. Oder was in der Kiste war."
„Wenn der Wetterbericht überhaupt kommt", wandte Oda ein. „Gestern ist er ausgefallen."
„Heute läuft er sicher wieder", versprach Nemo. „Hubsi hat ja angekündigt, dass die Sendung international wird."
Gemeinsam traten sie auf den Schulhof, wo sie von einer steifen Brise empfangen wurden. Oda musste aufpassen, dass ihr der Wind nicht den großen Zeichenblock aus der Hand riss. Laub und leere Pausenbrot-Tüten wirbelten durch die Luft. Kinder verabredeten sich zum Drachensteigen und in der Ferne funkelte der Boringer Weiher. Über die glitzernde Wasseroberfläche sausten Segler und Surfer. Nemos Herz hüpfte ein wenig bei diesem Anblick. Der aufkommende Sturm versprach Action und Abenteuer.
„Guck mal, wer da ist!" Odas Augenbrauen zogen sich verärgert zusammen, als sie an der Dönerbude ankamen. Sie deutete auf einen kräftigen Mann,

der in kurzen Jogginghosen und ausgetretenen Sandalen vor dem kleinen Fenster stand und unfreundlich seine Bestellung bellte: „Einen Döner mit allem und extrascharf!“ Hinter Herrn Kriegelstein auf dem Gehweg blinkten die Warnlichter seines nachtblauen Wagens. „Na toll!“, zischte Oda übellaunig. „Der Fahrradhersteller kommt mit dem Auto. Das geht doch zu Fuß tausendmal schneller! Seit Franz Ach die Innenstadt für den Verkehr gesperrt hat, muss man ja ganz außenrum fahren.“
Während Nemo an die Bude trat und ihre Falafel-Rollen bestellte, starrte Oda dem Unternehmer finster hinterher. Mit seinem Handy am Ohr schlappte Herr Kriegelstein zurück zum Wagen und schmatzte ins Telefon: „Nee, hab ich noch nicht! Ja, ich suche weiter. Bin grad dabei“, log er, als er plötzlich heftig zusammenzuckte. Um ein Haar hätte er seinen Döner fallen lassen. „Oh verdammt! Ich muss auflegen. Irgendein Trottel hat mein Auto zerkratzt!“

ÖNER 6
+ KÄSE 7
FALAFEL 5
HALUMI 5
INERBOX 8
LAHMACUN
DÖNER
FASHIO
5130
NORT

Hastig steckte er sein Handy weg und strich mit der frei gewordenen Hand über den dunklen Lack seiner Luxuskarosse.
Oda erstarrte. Erst jetzt sah sie, dass das Autodach völlig verkratzt war. Herr Kriegelstein tobte: „Ich fasse es nicht! Welcher Vollpfosten war *das* denn? Na warte, wenn ich denjenigen erwische!“ Mit einem Ruck riss er die Fahrertür auf, plumpste schwer in den Sitz und brauste mit aufheulendem Motor davon.
„Hier.“ Nemo kam mit ihren Falafeln zurück. „Setzen wir uns da drüben hinter die Mauer? Dort ist es windgeschützt.“
Fröhlich begann er zu mampfen, während Oda der Appetit gründlich vergangen war.
„Gehen wir lieber zu mir“, sagte sie und wandte sich eilig zum Gehen.
„Was? Wieso?“ Nemo stolperte ihr hinterher. „Warte! Ich kann im Laufen nicht essen.“
„Na los!“ Oda beschleunigte ihre Schritte. „Geht das nicht ein bisschen schneller?“ Im Dauerlauf

rannte sie zurück in die Stadt. Sie dachte an die verkratzte Katzenklappe, an Leons zerfetzten Schulranzen und an die Schrammen auf Herrn Kriegelsteins Auto. Was hatten Korbinian und sein Onkel auf dem Marktplatz gemacht? Hatten sie wirklich beim Aufräumen geholfen oder hatten sie eher etwas gesucht?
Oda lief eine Gänsehaut über den Rücken.
Korbinian hatte von seinem Onkel einen Yeti zum Geburtstag bekommen – und dessen Gegenspieler Arkas. Einen urzeitlichen Bären mit riesenhaften Tatzen, die sich per Knopfdruck in Klauen verwandeln konnten.

Oda stürzte ins Haus, warf die Tür ins Schloss und lehnte sich mit dem Rücken dagegen. Auf ihrer Stirn stand kalter Schweiß. Wenn wirklich der Bärenkrieger los war, wie sie vermutete, dann hatten sie ... nein ... dann hatte Boring ein ernstes Problem!

„Oh Mann, jetzt ist die Katastrophe perfekt!" Genervt sah Nemo an sich hinunter. „Ich habe Soße verkleckert. Nur weil du so hetzt!" Er bedachte Oda mit einem vorwurfsvollen Blick und ging in die Küche, um sich den Fleck von der Jeans zu wischen. „Warum hattest du es denn so

eilig?", rief er vom Spülbecken her. „Hubsis Wetterbericht fängt doch erst in zehn Minuten an. Das hätten wir locker geschafft."
Oda antwortete nicht. Sie schleuderte Zeichenblock und Ranzen zu Boden und peste ins Wohnzimmer. Beunruhigt spähte sie aus dem großen Fenster. Aber zum Glück waren nirgendwo Kratzspuren zu sehen. Blumentöpfe und Gartenmöbel waren noch unversehrt. Nur der Wind trieb weiter sein Unwesen. Er rüttelte an den Büschen und Bäumen, schüttelte Äpfel von den Zweigen und blies sie wie Billardkugeln vor sich her in den Pool. Bernadette stand mit einem Kescher am Beckenrand und fischte die schwimmenden Früchte wieder heraus. Hastig öffnete Oda die Terrassentür und schrie: „Komm rein! Das ist viel zu gefährlich da draußen!"
„Ah, non!" Bernadette winkte ab. „Isch komm von die Atlontik und liebe das Wind. Isch geh gleich surfen."
„Ja, übertreib!" Nemo schlenderte gelassen ins

Wohnzimmer. „So schlimm ist der Wind auch wieder nicht." Er setzte sich aufs Sofa und schaltete den Fernseher ein. Die letzten Minuten von Bella Blütes Beauty-Sendung flimmerten über den Bildschirm. Die Moderatorin band sich ein Tuch um den Kopf und erklärte ihren Zuschauerinnen und Zuschauern, wie man seine Frisur auch bei Wind optimal schützte. Odas Au-pair-Mädchen sprang leichtfüßig ins Zimmer und huschte nach oben, um sich umzuziehen. Oda dachte kurz nach. Konnte es wirklich sein, dass sie übertrieb? Waren es doch nur die Rosen, die Leons Schulranzen zerkratzt hatten? War es nicht auch möglich, dass jemand mit einem Schlüsselbund an Herrn Kriegelsteins Auto entlanggeschrammt war? Schließlich hatte der Unternehmer mitten auf dem Gehweg geparkt. Und vielleicht hatte Korbinian seinen Arkas gar nicht verloren, sondern suchte etwas ganz anderes: seinen Geldbeutel zum Beispiel, sein Handy oder seine Zahnspange?

„Oda, schnell!“ Nemo klopfte neben sich auf die Polster, als der Jingle von Hubsis sportlichem Wetterbericht erklang.
Zögernd nahm Oda neben ihm Platz und entspannte sich etwas. Auf jeden Fall war es eine gute Idee, Hubsi zu finden. Und bis dahin blieben sie einfach im Haus. Angespannt knabberte sie an ihrem kalten Falafel-Dürüm, den sie vor lauter Aufregung beinahe zerquetscht hatte.
„Es geht los!“ Gespannt rutschte Nemo vor zur Sofakante. Auf dem Bildschirm erschien ein Sandstrand mit Palme. Unter dem tropischen Baum war ein Liegestuhl aufgeklappt. Daneben stand ein Tischchen, auf dem eine Kokosnuss mit Strohhalm wartete.
„Wo ist er?“ Nemos Augen suchten den Bildschirm ab, als Hubsis Kopf plötzlich zwischen den Palmwedeln auftauchte. Der Moderator trug einen Tropenhelm und winkte seinem Publikum ausgelassen zu.
„Hey, hallo, hier ist euer Hubsi mit seinem

sportlichen Wetterbericht. Pünktlich zur Stelle, gleiche Welle – obwohl ich gar nicht daheim bin. Bei mir ist es sonnig und schwül, bei euch dagegen windig und kühl. Das bringt mich voll auf die Palme." Lachend sprang der Moderator in den Sand und fläzte sich in den bereitstehenden Stuhl. „Aber Spaß beiseite, Sportskameraden! Während ich hier ausnahmsweise mal chille, ist bei euch Segeln und Surfen angesagt. Weniger geeignet sind Federball oder Tischtennis. Kugelstoßen dagegen sollte gut funktionieren."

Hubsi griff sich die Kokosnuss. Kurz sah es so aus, als wolle er sie werfen. Doch dann saugte er nur geräuschvoll am Strohhalm.

Nemo kicherte. „Hubsi ist einfach der Größte!"

„... Spielzeugdieb!", fügte Oda hinzu und warf Nemo einen tadelnden Blick zu. Schließlich ging es darum, einen Verbrecher dingfest zu machen. „Wo steckt er?", rätselte sie. „In der Karibik? Am Atlantik? Oder auf der Insel Quinsel? Das kann überall sein! Wieso sagt er denn nichts?"

„Weil er nicht will, dass wir ihn finden!", vermutete Nemo und dachte laut nach: „Aber er trägt den Tropenhelm aus seinem Haus. Vielleicht ist er an einem Ort, an dem er früher schon mal war? Oder bei seinen Eltern."
„Bei seinen Eltern?" Oda sah ihn verdutzt an.
„Ja." Nemo nickte. „Frau Dr. Spargel hat heute Morgen von einem *Forscher-Ehepaar Hubert* erzählt. Könnte doch sein, dass sie im Ausland leben und er sie besucht." Von seiner eigenen Idee begeistert, sprang Nemo auf. „Los, lass uns das recherchieren! Wenn Hubsis Eltern Forschende sind, gibt es sicher den ein oder anderen Bericht über sie. Wo ist dein Laptop?"
„Oben", sagte Oda. „Aber meine Eltern haben das WLAN ausgeschaltet, damit ich nicht die ganze Zeit im Netz hänge." Bedauernd hob sie die Schultern.
„Na gut." Nemo lief in den Flur. „Dann müssen wir eben in die Bücherei. Oder noch besser: zum *Boringer Boten*. Wir sehen im Archiv nach."

„Aber dann müssen wir aus dem Haus.“ Oda folgte ihm zögernd. Argwöhnisch schielte sie zur Haustür, die sie eben erst zugeschlagen hatte. Nemo lachte verwundert auf. „Was ist? Hast du Angst um deine Frisur? Du kannst dir ja ein Tuch umbinden, so wie Bella Blüte.“ Unbekümmert öffnete er die Tür und machte einen Schritt nach draußen. Keine Sekunde später war er verschwunden.

Kapitel 8

Schockierende Neuigkeiten

„Hihi." Kichernd saß Nemo im Busch. „Der Wind hat doch ganz schön aufgefrischt", gab er zu, als Oda ihn wieder herauszog.

„Eines ist jedenfalls sicher", rief er, während sie von Böen geschubst die Holzwurmstraße hinuntertorkelten. „Das Spielzeug hat definitiv mit Luft zu tun. Vielleicht ist es ein Vogel?" Nemo breitete die Arme aus und gewann so wieder etwas Stabilität zurück. „Vögel lassen sich oft im Wind treiben und haben Krallen. Oder es ist eine Fledermaus?" Nemos Augen blitzten begeistert auf. „Au ja! Batman! Er wird unsere

Stadt retten und wir benennen die Schule nach ihm."
„Das wäre cool!" Oda nickte bestätigend. Ihr gefiel Nemos Gedanke, dass das verzauberte Spielzeug eine hilfsbereite Actionfigur war. Zumindest weit besser als ihre eigene Vermutung, dass es sich um den Bärenkrieger handeln könnte. Sie entspannte sich etwas und lehnte sich gut gelaunt neben Nemo in den Luftstrom. Sie ließen ihre Jacken aufblähen, bis sie aussahen wie Kugelfische, und lachten über ihre Haare, die auf ihren Köpfen herumwirbelten wie Zuckerwatte. Doch als Oda im Stadtpark eine stachelige Kastanie in den Nacken plumpste, quiekte sie erschrocken auf. Und als ein pelziges Wesen sie vor dem Supermarkt anrempelte, verwandelte sie sich endgültig zurück in ein Nervenbündel.
Nemo beruhigte sie: „Seit wann hast du denn so viel Angst vor Frau Dr. Spargel? Sicher, sie ist nicht gerade die Netteste, aber du musst nicht gleich in Panik verfallen, wenn du sie triffst."

Erleichtert sah Oda der Direktorin hinterher, die in ihrem Pelzmantel im Supermarkt verschwand. Zurück blieb nur ihr penetranter Parfümgeruch, den eine Böe zum Glück schnell davontrug.
In Nemos Windschatten kämpfte sich Oda weiter über den Marktplatz, wo der Wind um das Rathaus pfiff und den Seilzug des Fahnenmastes zum Singen brachte.
Gemeinsam betraten sie das alte Fachwerkhaus, in dessen Erdgeschoss die Redaktionsräume des *Boringer Boten* untergebracht waren. Herr Lieblich, der Chefredakteur, empfing sie freundlich, aber ziemlich zerzaust. Auf seinem Kopf saß eine verrückte Wuschelfrisur, die ihm gar nicht mal so schlecht stand. Eilig schloss er hinter den Kindern die Tür und entschuldigte sich für die Unordnung: „Dieser Wind hat mir alles durcheinandergebracht."
Nemo und Oda sahen sich in dem niedrigen Büroraum um, in dessen Ecken sich überall Papier stapelte. Zeitungen, Werbebeilagen, Rechnungen,

Quittungen, Briefe und Notizzettel flogen kreuz und quer herum. Inmitten des Chaos standen benutzte Kaffeetassen und Teller voller Krümel. Nemo bezweifelte, dass das Büro bei Windstille ordentlicher aussah.

„Wir sind von der Schulzeitung", behauptete Oda und holte ein Haargummi heraus. Geschickt knüpfte sie einen Pferdeschwanz in ihr verstrubbeltes Haar. „Wir wollen einen Artikel über einen ehemaligen Schüler schreiben und würden gerne ins Archiv."

„Sehr schön, sehr schön", lobte Herr Lieblich. „Dann seid ihr also der journalistische Nachwuchs." Hilfsbereit führte er sie über eine schmale Treppe in den Keller. Er öffnete eine schwere Eisentür und überließ sie ihren Recherchen.

Kaum war die Tür hinter ihnen ins Schloss gefallen, entspannte sich Oda. In dem fensterlosen Raum fühlte sie sich sofort wohl. Hier wehte kein Lüftchen und ein Bärenkrieger kam erst recht

nicht so einfach hinein. Nemo schlug vor: „Am besten, wir fangen mit dem Artikel über die Umbenennung der Schule an." Neugierig schritt er die raumhohen Regale ab, in denen riesige Ordner standen. Auf ihren Rücken waren Jahreszahlen vermerkt. „Wann war das noch mal? Irgendwann in den Neunzigern, oder?"
„1993", sagte Oda und zog mit beiden Händen den entsprechenden Hefter heraus. Sie wuchtete den dicken Ordner auf einen Tisch nahe der Wand und schlug ihn an einer x-beliebigen Stelle auf. „Die Frage ist nur, in welchem Monat. Oder noch besser: an welchem Tag. Hier drin sind Hunderte Zeitungsausgaben versammelt. Da können wir lange suchen."
„Oder gar nicht." Nemo fuhr mit dem Zeigefinger zwischen zwei Seiten und schlug diese auf. Tatsächlich war auf der rechten Seite ein Foto ihrer Schule zu sehen. Vor dem Eingang stand eine kleine Menschengruppe. Über ihr prangte das Schild mit dem neuen Namen.

„Wow!“ Oda sah Nemo überrascht an. „Wie hast du das gemacht?“

Nemo lächelte überlegen. „Mir ist aufgefallen, dass ein paar Seiten benutzter aussehen als andere.“ Er deutete in die rechte obere Ecke des Ordners. „Die Kanten sind ganz abgegriffen. Jemand muss die Stelle oft aufgeschlagen haben. Hihi, guck mal.“ Er beugte sich über das Schwarz-Weiß-Foto und deutete auf eine blonde Frau in einem geblümten Kleid. „Das ist bestimmt die Spargel. Kaum zu glauben, dass sie mal jung war!“

Oda betrachtete das Bild etwas genauer. Rechts neben der Direktorin stand ein Mann in einem Tweed-Sakko mit Rollkragenpulli darunter, vor ihm ein Junge mit einem Stoffhasen im Arm. „Das muss Hubsi sein“, sagte sie aufgeregt. „Und das sind seine Eltern.“ Sie deutete auf ein junges Paar, das links neben der Direktorin stand. Der Mann und die Frau hielten sich bei den Händen.

Oda las die Bildunterschrift vor. *„Am Sonntag*

wurde die Gottfried-von-Braunstein-Schule in Ernst-Jandl-Schule umbenannt, nach dem berühmten Dichter, der angeblich einst im Hotel Krone einen Espresso getrunken hat.“
„Das war's?“, fragte Nemo. Enttäuscht blätterte er ein paar Seiten weiter, als er plötzlich stutzte. Auf der Titelseite einer weiteren Zeitung entdeckte er ein Foto, das aussah wie ein Ausschnitt des vorherigen. Das Bild zeigte noch einmal Hubsis Eltern, diesmal in Großaufnahme. Darüber stand in fetten Lettern:

EHEPAAR HUBERT VERMISST.
WAS WIRD AUS DEM KIND?

„Ihr habt ja nicht gesagt, über wen ihr schreibt“, verteidigte sich Herr Lieblich, als sie kurz darauf wieder in seinem Büro standen. Der Chefredakteur des *Boringer Boten* saß gebückt vor seinem Computer und ließ die Finger über der Tastatur schweben, als wolle er gleich weiterarbeiten.

„Sonst hätte ich euch schon etwas über Familie Hubert erzählen können."

Seufzend schüttelte er den Kopf. „Was für eine Tragödie! Hubsi war erst zehn, als er seine Eltern verlor."

„Und wer hat sich dann um den Jungen gekümmert?", wollte Nemo wissen.

„Na, Herr Siebzehnrübel!" Herr Lieblich klang, als ob das stadtbekannt wäre. „Schließlich ist er sein Patenonkel."

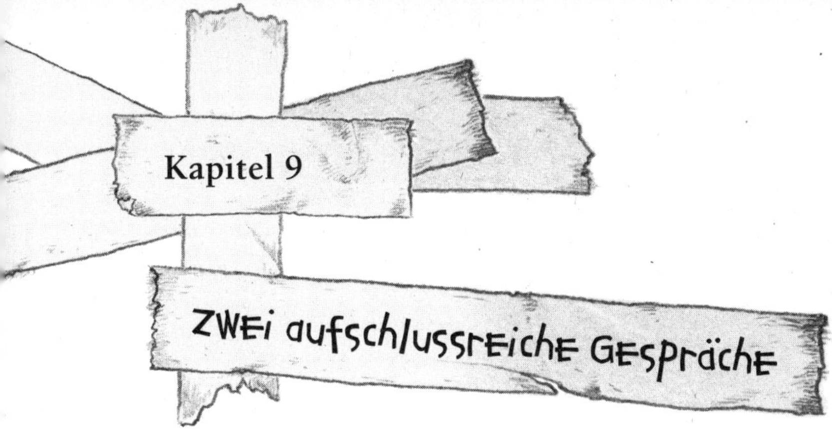

„Oh Mann!“, schrie Nemo und versuchte, das Heulen des Windes zu übertönen, während sie auf die rote Eingangstür des Spielwarenladens zusteuerten. „Erinnerst du dich, wie Hubsi bei Herrn Siebzehnrübel eingebrochen ist, um Biep zu stehlen?“

„Klaro!“ Oda stemmte sich mit vorgeneigtem Oberkörper gegen den Wind. „Und dann hat er ihn entführt! Verkleidet als Pinky Püschel. Seinen eigenen Patenonkel! Schon schräg.“

Nemo nahm Hubsi in Schutz: „Aber er hat ihn immer gut behandelt. Hat ihm superleckeres

Essen gekocht und ihm Puzzles gebracht, damit er sich nicht langweilt."
Oda schnaubte. „Das ist ja wohl das Mindeste, wenn man seinen eigenen Patenonkel in einer winzigen Hütte einsperrt!"
Nemo fragte: „Tut dir Hubsi denn gar nicht leid? Mit zehn seine Eltern zu verlieren! Wie grausam ist das denn?" Er sah rüber zum Supermarkt. Plötzlich überkam ihn ein warmes Gefühl für seine eigenen Eltern. Am liebsten wäre er sofort zu ihnen gerannt und hätte sie umarmt.
„Doch, schon." Oda nickte. „Es war wirklich nett von Herrn Siebzehnrübel, sich um Klein Hubsi zu kümmern. Bestimmt ist er der andere Mann auf dem Foto und war mit dabei, als sie die Schule umbenannt haben. Es wäre übrigens mal an der Zeit, die Schule nach einer Frau zu benennen."
„Stimmt." Nemo grinste. „*Oda-Delphine-Mandelbrot-Schule!* Klingt gar nicht so schlecht. Dafür müsstest du allerdings erst was Verdienstvolles für die Stadt tun."

„So? Was denn?" Oda verzog spöttisch den Mund. „Einen Espresso trinken im Hotel Krone? Außerdem haben wir doch schon viel für die Stadt getan. Wir haben sie von Schnee und Schleim befreit, für Helligkeit und Abkühlung gesorgt, Schwerelosigkeit und Bonbonhagel besiegt und verhindert, dass ein Einhorn Bürgermeister wird. Wenn das keine Leistung ist! Vielleicht kriegen wir sogar ein Denkmal, wenn wir das kratzige Spielzeug erwischen. Vergiss nicht, dass es immer noch frei herumläuft!" Unsicher warf sie einen Blick über die Schulter und öffnete die rote Ladentür. Das kleine Glöckchen über ihren Köpfen bimmelte. Hinter der Tür an einem Haken sah Nemo Herrn Siebzehnrübels Tweed-Sakko hängen. Der Spielwarenhändler selbst stand im Rollkragenpullover an seinem Verkaufstresen. Offensichtlich hatte er sein Outfit seit dreißig Jahren nicht groß verändert.

„Und warum sind sie unverkäuflich?", fragte Marie, die vor dem Verkaufstresen stand und in

ihren Fäustchen zwei kleine Puppen umklammert hielt.
„Weil ich sie eben behalten will", sagte Herr Siebzehnrübel und klang, als hätte er das nicht zum ersten Mal erklärt. Er nahm Marie die Figuren aus der Hand.
Das Mädchen zog eine Schnute. „Und warum willst du die Puppen behalten?"
Der Spielwarenhändler seufzte.
„Das ist eine lange Geschichte." Behutsam legte er den kleinen Mann und die kleine Frau zurück in die unterste Schublade seines Verkaufstresens und schob diese zu.
„Erzähl sie mir!", forderte Marie ihn auf.
„Nein!"
„Doch!"
„Nein!"
„Doch!"
„Marie!", mahnte ihre Mutter, die in der Nähe Spieluhren begutachtete. „Lass Herrn Siebzehnrübel in Ruhe." Ohne etwas zu kaufen,

verließ sie mit ihrer maulenden Tochter den Laden.
Erleichtert zwinkerte der Spielwarenhändler Nemo und Oda zu. „Hallo, ihr beiden. Was kann ich für euch tun?“
Nemo bekam ein schlechtes Gewissen. Schließlich waren sie auch nur gekommen, um dem Spielwarenhändler ein Loch in den Bauch zu fragen. Aber Oda zückte bereits ihr Notizbuch. „Sie können uns etwas über Hubsi Hubert verraten. Wir schreiben nämlich ein Porträt über ihn. Und da dürfen Sie natürlich nicht fehlen! Herr Lieblich vom *Boringer Boten* hat uns erzählt, dass Sie ein ganz besonderes Verhältnis zu ihm haben?“
„Äh, das schon“, stammelte Herr Siebzehnrübel überrumpelt und strich sich über die silbergrauen Bartstoppeln. „Hubsi ist wie ein Sohn für mich. Schließlich habe ich mich lange um den Jungen gekümmert.“ Er warf einen letzten prüfenden Blick auf die beiden Puppen und schlurfte zurück

hinter die alte Registrierkasse. „Hubsis Eltern und ich waren seit Kindheitstagen befreundet. So wie Fred und ihr." Er zeichnete mit seinem knochigen Finger einen unsichtbaren Kreis um Oda und Nemo. „Ben und Nora haben später geheiratet und ich wurde Pate von ihrem einzigen Sohn."

Nemo sah zuerst Oda und dann den Boden an. Aus irgendeinem Grund war er plötzlich peinlich berührt. Eilig fragte er: „Wissen Sie, ob Hubsis Eltern noch leben?"

„Nein." Herr Siebzehnrübel senkte traurig den Kopf. „Das weiß niemand. Die beiden kamen von einer Forschungsreise nie wieder zurück."

„Der arme Hubsi", sagte Oda. „Wie hat er das nur verkraftet?"

„Ja, das war schwierig", bestätigte Herr Siebzehnrübel. „Und es hat lange gedauert. Wenigstens hatte er Schnuffel."

„Schnuffel?", hakte Nemo nach.

Herr Siebzehnrübel schmunzelte. „Den Hasen,

den ich dem Jungen zur Taufe geschenkt hatte. Er wurde sein einziger Trost."
Nemo erinnerte sich an die vielen Fotografien im Haus des Wettermoderators, auf denen der junge Hubsi mit seinem Kuscheltier zu sehen gewesen war.
Der Spielwarenhändler fuhr fort: „Deshalb war es ja so niederträchtig, ihm den Hasen zu nehmen."
„Zu nehmen?" Oda hörte kurz auf zu schreiben.
Herr Siebzehnrübel nickte. Seine buschigen Augenbrauen zogen sich verärgert zusammen.
„Weil Hubsi seinen Hasen noch mit fünfzehn in die Schule mitgenommen hat, hänselte ihn die Direktorin und verpasste ihm einen Spitznamen."
„Hubsi ‚*Hasi*' Hubert", murmelte Nemo erschüttert. Er erinnerte sich, dass Frau Dr. Spargel den Moderator auf der 150-Jahr-Feier so genannt hatte.
„Ganz genau", bestätigte Herr Siebzehnrübel.
„Darauf sind natürlich alle eingestiegen. Der arme

Junge! Nur wegen ihm hat die Spargel die Regel eingeführt, dass unterrichtsferne Gegenstände in der Schule verboten sind. Angeblich, um ihm zu helfen. Aber als Hubsi den Hasen am Ende des Schuljahres wieder abholen wollte, war er nicht mehr da. Der Junge hat so gelitten und sich total zurückgezogen." Die Augen des alten Mannes füllten sich mit Tränen. Er kramte ein Stofftaschentuch aus seiner ausgebeulten Cordhose und schnäuzte sich geräuschvoll hinein. „Aber ich bin stolz auf ihn. Mithilfe des Sports hat sich Hubsi wieder aufgerappelt. Und ihr wisst ja, was aus ihm geworden ist."
„Der coolste Moderator der Welt!", rief Nemo und dachte: Aber leider auch ein Spielzeugdieb.
Oda steckte ihr Notizbuch weg. „Vielen Dank, das war sehr aufschlussreich. Nun müssen wir nur noch mit Herrn Hubert persönlich sprechen. Wissen Sie zufällig, wo er sich aufhält?", fragte sie scheinheilig.
„Nein." Herr Siebzehnrübel knüllte sein

Taschentuch zusammen und stopfte es zurück in die Hose. „Er ist Hals über Kopf abgereist. Aber sicher schreibt er mir bald eine Karte." Ein seliges Lächeln erhellte das faltige Gesicht.
Als das Ladenglöckchen erneut bimmelte, nutzte Nemo die Gelegenheit, um Oda ins Hinterzimmer zu ziehen.
„Verstehst du das?", zischte er.
„Was?", fragte Oda.
„Na, warum Hubsi Spielsachen klaut? Er müsste eigentlich wissen, wie schlimm das ist. Wo ihm doch das Gleiche passiert ist."
„Stimmt." Ratlos schob Oda ihre Brille nach oben.
„Oh Mann!", wisperte Nemo wütend. „Am liebsten würde ich die Spargel selbst an den *Arsch der Welt* schicken!"
Oda nickte zustimmend, als aus dem Verkaufsraum eine bekannte Stimme zu ihnen drang: „Erinnern Sie sich an die beiden Spielzeuge, die Sie mir im Frühjahr verkauft haben?"

„Natürlich!“, hörten sie Herrn Siebzehnrübel rufen. „Sie waren der Einzige, der beide Figuren gekauft hat. Dabei sind die zwei ein Set. Sie kämpfen ja gegeneinander! Der Yeti-Ritter hatte einen Speer aus Naturholz und der Bärenkrieger konnte per Knopfdruck seine Krallen aus- und ein...“

„Haben Sie noch einen?“, unterbrach ihn der Kunde.

Oda sah Nemo bestürzt an. Mit klopfendem Herzen beugte sie sich aus dem Hinterzimmer.

„Einen was?“, fragte Herr Siebzehnrübel.

„Einen Arkas“, antwortete Herr Kriegelstein. „Ich würde auch das Doppelte bezahlen.“ Großspurig knallte er seinen speckigen Geldbeutel auf den Verkaufstresen.

„Leider nein.“ Bedauernd schüttelte Herr Siebzehnrübel den Kopf. „Die meisten fanden Arkas viel zu gruselig. Selbst von Icy Ice-Monsta bin ich nur drei losgeworden. Da hab ich die übrig gebliebenen Figuren zum Hersteller

zurückgeschickt. Wieso wollen Sie denn noch einen, wenn ich fragen darf?"
Oda hielt die Luft an. Sie beugte sich ein Stückchen weiter vor, um nur ja kein Wort zu verpassen. Beinahe wäre sie vor Schreck in den Verkaufsraum geplumpst, als Herr Kriegelstein knurrte: „Mein Neffe hat seinen verloren."

„Warum hast du mir davon nicht gleich erzählt?", rief Nemo, kaum dass sie aus dem Laden gestürmt waren. „Deine Vermutung ergibt absolut Sinn: Korbinians ‚verlorener' Arkas ist das kratzige Spielzeug. Wahrscheinlich ist der Bärenkrieger auf der Suche nach seinem Gegenspieler. Deshalb hat er Leons Schulranzen zerkratzt und dann Herrn Kriegelsteins Auto. Sowohl Leon als auch Korbinian besitzen einen Yeti."
Oda nickte bedeutsam. „Und jetzt denk mal weiter. Herr Siebzehnrübel hat drei Icys verkauft."
„Meine Fresse!" Nemo fiel die Kinnlade herunter. „Du hast recht."

Er erinnerte sich an den dritten Yeti, der ihnen von einer Frau geschenkt worden war, weil ihr kleiner Sohn sich immer wieder die Finger im Maul des Ice-Monstas gezwickt hatte. „Der Yeti im rosa Puppenkleid!“ Nemo erbleichte. „Was haben wir mit ihm gemacht?“

„Fred hat ihn mitgenommen.“ Oda konnte nicht verhindern, dass ihre Unterlippe leicht zitterte. „Warum war er noch mal nicht in der Schule?“

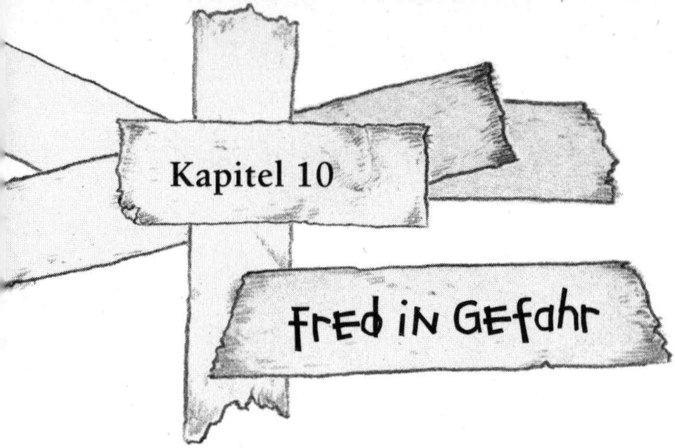

Kapitel 10

Fred in Gefahr

Noch nie in seinem Leben war Nemo so schnell gelaufen. Und das lag nicht nur am Rückenwind. Kaum waren sie vor dem großen Mietblock angelangt, in dem Fred mit seiner Mutter, Großmutter und Schwester wohnte, drückte Nemo die Haustür auf und sprang die Treppen nach oben. Sein Herz setzte fast aus, als er die Wohnungstür sah.
Überall fanden sich Kratzspuren. Rund um das Schloss war das Holz gesplittert, die Tür selbst stand sperrangelweit offen.
„Wir sind zu spät!“, keuchte Oda in Nemos

Rücken, während sie den kurzen Flur entlang zu Freds Zimmer rannten. Nemo bekam Angst. Was, wenn Oda recht hatte und sein Freund verletzt war? Vorsichtig stieß er die Zimmertür auf und machte sich auf einen schrecklichen Anblick gefasst.

„Hallöchen, Popöchen!“

Überrascht nahm Fred die Kopfhörer aus den Ohren. Er saß aufrecht im Bett mit einem bequemen Kissen im Rücken und löffelte Suppe aus seinem Pokal. Um seinen Hals war ein Küchentuch gebunden, das ihm als Lätzchen diente.

„Geht's dir gut?“, platzte Nemo heraus.

„Ging mir nie besser!“ Fred strahlte sie an. „Heute Morgen hatte ich ein bisschen Bauchweh von dem vielen Kakao, aber jetzt fühl ich mich wieder blendend. Hühnersuppe und Hörspiele. Was will man mehr?“

„Wo ist deine Oma?“, rief Oda. Besorgt sah sie sich um.

FRED
BITTE

„Die kauft Stoff für neue Noftie-Säckchen." Fred runzelte die Stirn. „Wieso?"
„Und Antonia?", brüllte Nemo, ohne zu antworten.
„Bei ihrem Freund." Beunruhigt setzte sich Fred auf und verschüttete dabei etwas Suppe. „Was ist denn los?"
Oda ergriff als Erste das Wort: „Wir glauben, dass Korbinians Bärenkrieger in dem Päckchen war und jetzt frei herumläuft."
„Ach, du heiliger Bimbam!" Fred stellte seinen Pokal zur Seite und schwang die Beine aus dem Bett. „Deshalb hat Korbinian schon vor dem Actionlauf geheult. Weil Hubsi sein Spielzeug geklaut hat."
Nemo nickte bedeutsam. „Und jetzt macht er Jagd auf die Ice-Monstas."
„Ach herrje!" Fred schlüpfte in seine Hausschuhe. „Meint ihr, er ist auf dem Weg hierher?"
Oda und Nemo sahen sich an.
„Ähm ...", stammelte Nemo.

„Er war schon hier!“, rief Oda. „Wo hast du den Yeti mit dem Puppenkleid hingetan?“
„Nirgendwohin“, antwortete Fred. „Ich hab ihn mit meiner Schwester getauscht. Gegen ein Backbuch.“

„Oh mein Gott!“, entfuhr es Oda, als sie die Tür zu Antonias Zimmer aufstießen. Der Raum sah aus, als hätte ein Untier darin gewütet. Sämtliche Klamotten waren aus den Schränken gerissen und lagen mit Antonias Schulsachen auf dem Boden verstreut. Das Bett war zerwühlt und übersät von Zeitschriften und Schminksachen. Zwischen alldem flogen angebissene Schokoriegel und Pausenbrote herum. „Arkas hat ihr komplettes Zimmer zerstört!“
„Nein, nein, keine Sorge!“ Fred beruhigte Oda. „Das sieht immer so aus.“ Er stieg über die Kleiderhaufen und arbeitete sich zum Bett seiner Schwester vor. „Na ja, fast“, sagte er und schob einen Sitzsack zur Seite, der sicher nicht von

Antonia aufgeschlitzt worden war. Aus dem Inneren des Sitzmöbels quollen weiße Styropor-Kügelchen hervor und blieben an seiner Schlafanzughose kleben. „Irgendwo hier muss er sein.“ Fred begann, den Yeti zwischen all den Kissen und Kuscheltieren zu suchen, die Antonias Bettrand säumten. Nemo half ihm dabei, während Oda das Regal durchstöberte, wo sich zwischen einem Schminkkopf und einem offenen Glas Erdnussbutter mehrere Spiele stapelten. Sie fand eine Schachtel mit Perlen, einen Chemiebaukasten und einen Puppendoktorkoffer – aber kein Kuscheltier.

„Hab ihn!“ Nemo hob den Yeti an einem Arm in die Höhe – oder das, was von dem armen Plüschtier noch übrig war. Das rosafarbene Puppenkleid war ganz dünn und zerschlissen, aus einer Naht quoll weiße Watte hervor. Icys Kopf hing nur noch an wenigen Fäden herunter. Sein rechtes Auge fehlte ganz.

„Oh Mann!“ Erschüttert ließ Nemo sich in den

Sitzsack plumpsen. Eine Styropor-Wolke stob heraus und senkte sich wie Schnee auf sie nieder. „Was hat Arkas mit dem Yeti gemacht?" Vorwurfsvoll blickte er Fred an. „Ich kann nicht glauben, dass das passiert ist, während du nebenan Hühnersuppe gegessen hast! Hast du denn gar nichts bemerkt?"

„Nein", beteuerte Fred. „Ich hatte doch Ohrstöpsel drin. Außerdem sieht der Yeti nur deshalb so aus, weil Antonia ihn dauernd geknuddelt hat."

„Das kriegen wir wieder hin." Oda zog das Puppendoktorköfferchen aus dem Regal und verarztete den Yeti, so gut es ging. „Und was machen wir jetzt?", fragte sie.

„Jetzt fangen wir Arkas, bevor er jemanden verletzt." Nemo schälte sich aus dem Sitzsack. „Und dann muss Korbinian ihn umarmen, damit er sich wieder in eine leblose Actionfigur zurückverwandelt."

„Na klar!" Fred schnaubte höhnisch. „Korbinian

freut sich sicher, wenn er einen tobenden Riesenbären umarmen darf."
Oda gab Fred recht: „Das würde Korbinian niemals tun! Dazu ist Arkas viel zu bedrohlich. Wir brauchen jemanden, der den Bärenkrieger im Zaum hält. Einen Dompteur oder einen Tierarzt mit einem Betäubungsgewehr."
„Oder Icy." Nemo nahm Oda den bandagierten Yeti aus der Hand. „Er ist der Einzige, der Arkas besiegen kann."
„Ja, aber Arkas ist lebendig", wandte Fred ein, „und der Yeti nicht."
„Das können wir ändern!" Nemo grinste seine Freunde abenteuerlustig an. „Wir erwecken Icy einfach zum Leben!"
Skeptisch sah Fred auf das verbundene Bündel in Nemos Hand. „Wird das nicht ein bisschen gruselig?"
„Ich will ja nicht *diesen* Yeti lebendig machen. Sondern den von Korbinian. Sicher hat er seinen noch."

„So oder so“, grätschte Oda dazwischen. „Dazu brauchen wir Hubsis Tränen.“
„Darum kümmern wir uns später“, sagte Nemo. „Ich hab schon eine Idee. Aber zuerst müssen wir zu Korbinian. Nach Dickstein. Bevor Arkas schneller ist.“

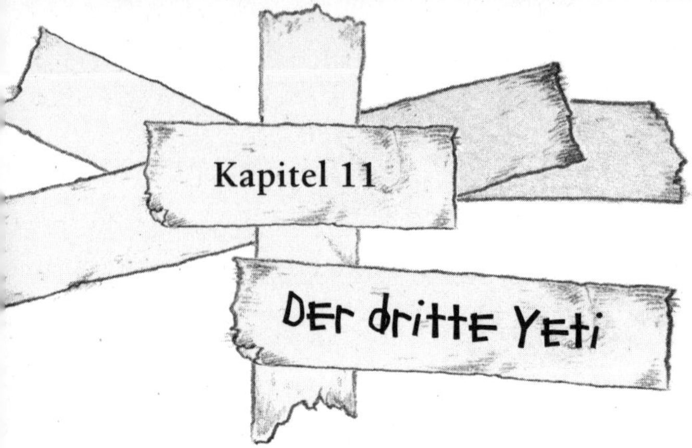

Nachdem sie ihre Fahrräder geholt hatten, stemmten sich die drei Freunde gegen den Wind und strampelten keuchend durch den Boringer Forst. Sie sprangen über Wurzeln und wichen morschen Zweigen aus, die drohten, ihnen auf den Kopf zu fallen. Links und rechts von ihnen prasselten Eicheln und Tannenzapfen auf den weichen Waldboden. Ein wahrhaft urzeitlicher Sturm fegte über die Wipfel und rüttelte die Bäume durch. Die hohen Baumkronen rauschten wie das Meer, dicke Äste knarrten wie alte Schiffsplanken.

Geschickt umkurvte Nemo einen Ast, der mitten im Weg lag, als er plötzlich an einem nahen Baumstamm tiefe Kratzspuren entdeckte. War Arkas etwa hier vorbeigekommen? Nemo verkniff sich, seine Freunde darauf hinzuweisen, um sie nicht zu ängstigen. Er stellte sich auf die Pedale, gab Gas und machte erst wieder vor dem Dickstein halt, dem tonnenschweren Felsen, der der Nachbargemeinde ihren Namen verlieh.
Nemo erschrak.
Zwar lag der Brocken, der bei der großen Schwerelosigkeit noch meterhoch in die Luft geschwebt war, wieder da, wo er hingehörte – nämlich in der Mitte des Marktplatzes –, aber neben den vielen Namen, die in das Moos seiner Oberfläche geritzt waren, meinte Nemo nun auch ein paar neue Schrammen erkennen zu können.
„Da lang!“, lenkte er seine Freunde eilig ab, kaum dass sie ihn eingeholt hatten. Hastig riss er seinen Lenker herum und strampelte weiter.
Nur wenige Ecken später erreichten sie Korbinians

Straße, die in einer sanften Biegung zurück zum Boringer Forst führte. Nemo legte sich in die Kurve und bog in die lange Allee ein. Ihm fiel auf, dass an jedem zweiten Baum ein weißer Zettel hing. Im Vorübersausen konnte er eine unbeholfene Zeichnung von Arkas erkennen. Offensichtlich hatte Herrn Kriegelsteins Neffe Steckbriefe aufgehängt, um sein verlorenes Spielzeug wiederzufinden.

„Nummer vierzehn. Da wohnt er!" Oda deutete auf ein schmales Haus, vor dem drei Mülltonnen standen. Sie machte eine Vollbremsung und hinterließ mit ihrem Hinterreifen einen schwarzen Streifen auf dem Asphalt. Nemo warf sein Mountainbike gegen die Mülltonnen, sprang unter das kleine Vordach und klingelte Sturm.

Kurz darauf öffnete Korbinian die Tür. Sein rundes Gesicht strahlte, als er die Kinder sah. „Habt ihr ...?", begann er, aber Oda unterbrach ihn sofort: „Guten Tag, ich bin Puppenärztin Mandelbrot." Sie hob das rote Puppendoktorköfferchen, das sie von Antonia mitgenommen hatte, und deutete auf den kleinen Plüsch-Yeti in Korbinians Arm. „Wir haben gehört, dein Yeti ist krank. Dürfen wir ihn bitte mal untersuchen?"

„Was? Wieso?" Korbinians Lächeln fiel in sich zusammen. „Ich dachte, ihr habt Arkas gefunden."

„Haben ... wir ... auch", stammelte Fred von hinten, der noch dabei war, sein Fahrrad abzusperren.

Nemo und Oda drehten sich zu ihm um.

Das Gesicht ihres Freundes war plötzlich so weiß wie die Hauswand. Mit zitterndem Finger deutete er auf ein pelziges Wesen, das schnüffelnd um die Ecke bog.

Nemo, Oda und Korbinian schrien erschrocken auf.

Oberhalb der langen Schnauze des Tieres lagen zwei eng stehende Augen. Ein Reißzahn rutschte über die Unterlippe. Die Pratzen der Bestie waren fast so groß wie ihr Schädel. Um eine davon lag ein Nietenarmband. Auf der Bärenbrust konnte Nemo einen schwarzen Fleck erkennen. Er wusste sofort, um wen es sich handelte. Der Bärenkrieger hob aufhorchend den Kopf und hoppelte auf sie zu, wie ein riesiger Hund der ‚nur spielen wollte'. „Nichts wie weg!", schrie Fred. Mit einem Satz hüpften die Freunde in die

bereitstehenden Tonnen, als hätten sie seit ihrer frühesten Kindheit Synchronspringen geübt. Kaum war Nemo in der blauen Tonne verschwunden, hob er den Deckel einen winzigen Spalt und spähte nervös nach draußen. Mit angehaltenem Atem verfolgte er, wie Arkas sich vor Korbinian aufbaute. Der Bärenkrieger riss seine

Vordertatzen nach oben und ließ ein schauerliches Gebrüll erklingen.
Starr vor Schreck ließ Korbinian seinen Yeti fallen.
„Umarm ihn!“, rief Oda aus der schwarzen Tonne.
„Was!?!“ Fassungslos glotzte Korbinian zu ihr rüber. Aber wenigstens holte Odas Befehl ihn aus seiner Schockstarre. Hastig trat er zurück ins Haus und knallte dem Bärenkrieger die Tür vor der Nase zu.
Arkas warf den Kopf in den Nacken und brüllte verletzt auf. Sein lang gezogenes Jaulen mischte sich unter das Heulen des Windes. Dann, schlagartig, hörte er auf, grapschte sich den Yeti von der Fußmatte und türmte Richtung Boringer Forst.
„Ist er weg?“, drang ein dünnes Stimmchen aus der braunen Tonne.
„Glaub schon.“ Nemo sah rüber zu seinem Freund, der langsam aus der Biotonne auftauchte. In Freds Haaren klebten Kartoffel- und

Eierschalen. Nemo gratulierte sich selbst dazu, die Papiertonne erwischt zu haben, und sprang zurück auf den Gehsteig. „Was für ein Mistvieh!“, fluchte er.
„Findest du?“ Oda stieg aus der Restmülltonne. „Mir tut Arkas eher leid. Habt ihr nicht bemerkt, dass er vor Freude gebrüllt hat?“
„Vor Freude?“, kiekste Fred fassungslos und kletterte zu ihnen. „Über was soll er sich denn gefreut haben?“
„Na, über Korbinian. Ist doch klar!“ Oda wischte Fred ein paar feuchte Teekrümel von der Windjacke. „Er wollte sein Besitzerkind umarmen und war enttäuscht, als Korbi ihm einfach die Tür vor der Schnauze zugeknallt hat. Ich glaube, Arkas ist gar nicht auf der Suche nach den Yetis.“
„Und warum hat er Icy dann mitgenommen?“ Fred hängte sein Fahrradschloss zurück um den Sattel.
„Na, weil er hofft, dass Korbinian ihm dann folgt. Habt ihr nicht sein listiges Grinsen gesehen?“

Nemo sah Oda nachdenklich an. Er war gleichermaßen fasziniert wie bestürzt. Wenn Oda Gefühle so gut entschlüsseln konnte, war er dann auch ein offenes Buch für sie?
„Na gut", sagte er und hob sein Fahrrad vom Boden. „Jedenfalls ist Korbinians Yeti jetzt weg. Wenn wir weiterhin einen Yeti zum Leben erwecken wollen, müssen wir uns den von Leon schnappen."
„Umso besser." Oda klemmte das Puppendoktorköfferchen wieder auf ihren Gepäckträger. „Ich will sowieso am liebsten *unseren* Icy wiedersehen. Erinnert ihr euch noch, wie gerne er an den Fußsohlen gekrault wurde?"
„Oh ja!" Freds Stimme wurde ganz weich. „Icy war so süß! Seine Leibspeise war Lasami-Pizza. Und sein Fell hat nach Vanille gerochen."
„Aber auch ein bisschen nach Heftpflaster", sagte Nemo und lachte, während sie sich gemeinsam auf den Rückweg nach Boring machten. „Und nach nassem Hund."

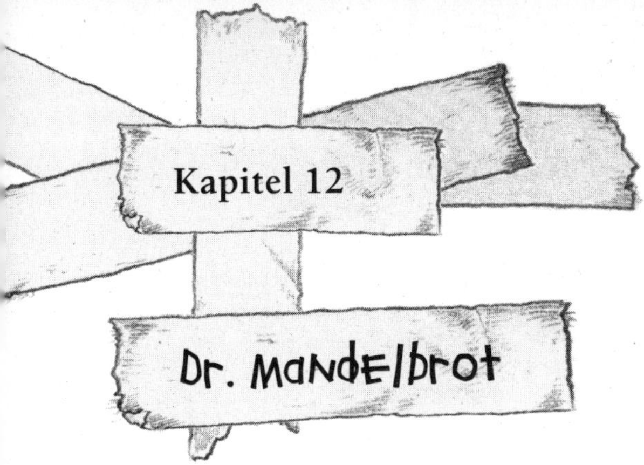

Kapitel 12
Dr. Mandelbrot

„Am besten, ich versuche es noch mal mit dem gleichen Trick“, verkündete Oda, als sie kurz darauf an dem großen Haus klingelten, in dem nicht nur die Zahnarztpraxis untergebracht war, sondern Familie Löcherl auch wohnte. Erstaunt sprangen sie zur Seite, als der Zahnarzt die Tür öffnete, an ihnen vorbeistürmte und rief: „Die Praxis ist geschlossen!“ Dr. Löcherl eilte davon.
„Was ist denn mit dem los?“ Fred sah ihm verwundert hinterher. „Und warum hat er ein Netz über der Schulter?“
„Wahrscheinlich ein Notfall.“ Nemo stellte eilig

einen Fuß in die Tür und drückte sie auf. Im Flur trafen sie auf Leon, der gerade die Treppe herunterkam, um zu sehen, wer geklingelt hatte.
„Guten Tag“, sagte Oda, als sie den Yeti in seinem Arm erblickte. „Ich bin Puppenärztin Mandelbrot. Und das sind meine beiden Assistenten Dr. Ping und Dr. Pong.“ Sie deutete auf Nemo und Fred, die hinter ihr standen. „Wir sind gekommen, um Ihr Kuscheltier zu untersuchen. Es geht mal wieder die Yeti-Grippe um. Wir müssen nachsehen, ob es schon befallen ist.“ Auffordernd wackelte sie mit den Fingern, um anzudeuten, dass Leon ihr das Kuscheltier aushändigen sollte.
Aber der Junge drückte sein Spielzeug nur noch enger an sich. „Glaub ich nicht“, sagte er zweideutig und sah Oda irritiert an.
„Das überlässt du mal schön dem Fachpersonal.“ Oda griff nach dem Yeti und musste ein bisschen zerren, bis Leon ihn endlich herausrückte. Sie trug das Kuscheltier in eines der Behandlungszimmer, schob die Zahninstrumente beiseite und platzierte

den Yeti auf dem schwenkbaren Tischchen. Leon kletterte auf den Behandlungsstuhl und beobachtete misstrauisch, wie Oda die grelle Lampe über dem zotteligen Kuscheltierkörper justierte.
„Hm, womit fangen wir an?“, murmelte sie und ließ Antonias Spielzeugköfferchen aufschnappen. Grübelnd musterte sie die quietschbunten Plastikgeräte. Schließlich entschied sie sich für ein Stethoskop. Konzentriert hörte sie den pelzigen Brustkorb ab. „Ts, ts, ts ...“ Besorgt schüttelte Oda den Kopf. „Sein Herzschlag ist mäßig bis gar nicht vorhanden. Kein gutes Zeichen.“ Sie legte das Abhörgerät wieder zur Seite und nahm ein Hämmerchen zur Hand, mit dem sie dem Spielzeug-Yeti gegen das Knie klopfte. Dann hob sie seinen rechten Arm und ließ ihn wieder fallen. Leblos plumpste er auf das Tischchen.
„Reflexe gleich null!“, stellte Oda bestürzt fest. „Klarer Fall von Schockstarre.“
Nemo presste die Lippen aufeinander, um nicht

gleich loskichern zu müssen. Besorgt betrachtete Leon sein Kuscheltier.
„Aber keine Angst." Oda legte dem Jungen eine Hand auf die Schulter. „Wir päppeln ihn schon wieder auf! Am besten, er kommt ein paar Tage zu uns in die Klinik. Dr. Pong ..." Sie drehte sich zu Fred um. „Haben wir noch ein Bett frei?"
„Äh ... was?", stammelte Fred überrumpelt.
„Dr. Ping?" Oda wandte sich an Nemo.
„Moment." Nemo sah auf dem Handy nach.
„Leider nein, alles belegt."
„Wie bitte?" Oda trat ihm gegen das Schienbein.
„Ach nein, da." Nemo korrigierte sich schnell.
„Ein Bett hätten wir noch frei. Allerdings in einem Vierbettzimmer."
Leon atmete auf.
Oda verkniff sich ein Grinsen. „Gut. Danke. Das passt doch, oder?"
Leon nickte erleichtert. Plötzlich schien er richtig froh, seinen Yeti hergeben zu dürfen.

Nemo platzte vor Lachen, kaum dass sie wieder auf der Straße standen. „Das war echt eine Meisterleistung“, lobte er Oda, als der Wind plötzlich einen hohen Ton zu ihnen herübertrug. Erschrocken zuckten sie zusammen.
„Was war das?“, fragte Oda.
„Klang wie ein Schrei“, fand Fred.
„Der kam vom Marktplatz.“ Nemo erbleichte. „Womöglich ist Arkas hier!“ Alarmiert sah er die anderen an. Wie auf Kommando schnappten sie sich ihre Fahrräder und rasten los.

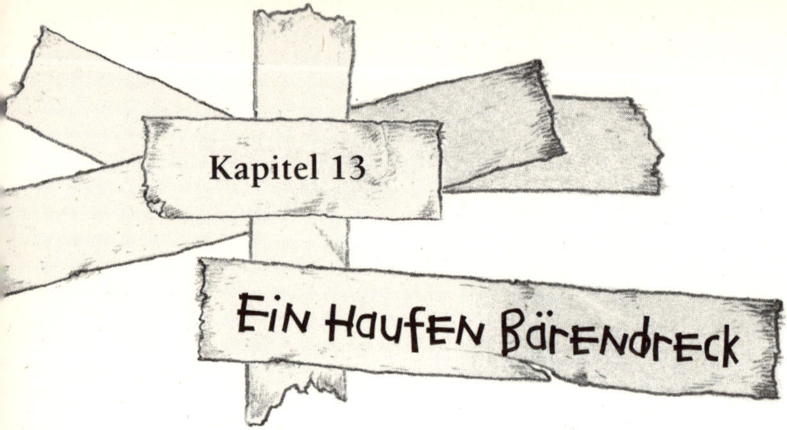

Kapitel 13

Ein Haufen Bärendreck

Frau Dr. Spargel lag auf dem Boden vor dem Rathaus und zappelte in einem Netz wie ein riesiger Fisch. Vor ihr standen Dr. Löcherl, Freds Vater und Herr Ölmez und sahen belustigt auf die eingefangene Schuldirektorin.

„Haben Sie noch alle Tassen im Schrank?“, keifte sie den Zahnarzt an. „Können Sie einen Pelzmantel nicht von einem Bärenfell unterscheiden?“

„Genau genommen ist da auch kein großer Unterschied!“, verteidigte sich Dr. Löcherl und nestelte die Direktorin frei.

Oda flüsterte: „So, wie es aussieht, hat Korbinian seiner Mutter von dem Bären erzählt."
Fred nickte. „Und die hat die Bürgerwehr informiert."
„Aber einer fehlt noch", sagte Nemo, als Herr Kriegelstein auch schon aus dem Supermarkt trat. In seinen Armen trug der Unternehmer einen Haufen Honiggläser, die er in Frau Dr. Spargels Einkaufs-Trolley plumpsen ließ.
Oda sah die Jungs aufgeschreckt an. „Sie machen Jagd auf Arkas. Wir müssen ihn vor ihnen finden."
„Na, dann los!", zischte Nemo. „Fahren wir zu mir und machen Icy lebendig."
Unauffällig radelten sie an der streitenden Bürgerwehr vorbei und bogen in die nächste Gasse ein, als ihnen plötzlich etwas Felliges entgegenkam.
Erschrocken schrie Fred auf.
„Mücke!", rief Nemo begeistert. Er sprang vom Rad und umarmte den Irischen Wolfshund, den er

sich mit Magics Zauberkräften herbeigewünscht, aber leider wieder hatte abgeben müssen. Gutmütig schlabberte ihm das zottelige Tier über den Arm.

„Mücke?“, fragte sein Herrchen verwundert. „Eigentlich heißt er Big Mac ... ach herrje!“ Der Mann stöhnte laut auf. Sein Blick fiel auf das Kopfsteinpflaster, wo ein riesiger Hundehaufen dampfte. Mit gerümpfter Nase kramte er ein rotes Plastiktütchen aus der Manteltasche und sammelte das Geschäft seines Hundes ein.

Freds Augen wurden so groß wie Untertassen. Ohne ein weiteres Wort trat er in die Pedale und ergriff die Flucht.

Nemo und Oda sahen sich kurz erstaunt an, dann pesten sie ihm hinterher.

„Was rast du denn so?“, keuchte Oda, als sie Fred vor Nemos Haus endlich eingeholt hatten. Sie schmiss ihr Fahrrad einfach auf den Boden, denn der Wind hätte es sowieso umgeworfen.

„Ja“, beschwerte sich Nemo und warf sein Fahrrad

daneben. „Ich wollte mich noch von Mücke verabschieden."
„Habt ihr das nicht gesehen?", japste Fred.
„Was denn?", fragte Oda.
„Den Kot."
„Einen Geheim-Code?" Nemo horchte interessiert auf.
„Nein, meine Güte! Den Kackhaufen. Der war ganz bestimmt nicht von einem Hund. Da könnt ihr Gift drauf nehmen."
„Sondern?" Nemo kramte den Schlüssel hervor und sperrte die Haustür auf.
„Von einem Bären." Fred trat hinter ihm ins Haus.
„Aha." Oda folgte den Jungs in die Küche. „Seit wann kennst du dich denn mit Bärenkacke aus?"
„Seit mein Vater mir das Fährtenlesen beigebracht hat. Dabei muss man die Losung von Tieren erkennen. Und übrigens ..." Beunruhigt beobachtete Fred, wie Oda das Arztköfferchen mit Leons Yeti auf der Küchentheke ablegte. „Ich

glaube nicht, dass es eine gute Idee ist, Icy mit ins Haus zu nehmen. Beim Campen darf man rein gar nichts im Zelt lassen, was einen Bären anlocken könnte. Nicht mal Zahnpasta."

Oda beruhigte ihn: „Arkas ist ja auf der Suche nach Korbinian und nicht nach Icy."

Nemo pflichtete ihr bei. „Außerdem neutralisiert Kälte den Geruch." Gelassen öffnete er den Kühlschrank und schob das Köfferchen ins Eisfach.

„Na gut." Fred entspannte sich etwas. „Hast du Pizza da? Ich hab einen Bä… äh … Riesenhunger. Ich konnte ja die Hühnersuppe nicht aufessen."

„Ich kann dir ein Omelett machen", schlug Nemo vor. „Bei der Schwerelosigkeit wurden im Supermarkt ein Haufen Eier angeknackst. Die müssen eh weg. Seit über einer Woche gibt's bei uns nur Spiegeleier, weiche Eier, Rühreier, Eier im Glas, Senfeier oder Eiersalat." Er öffnete den Küchenschrank, in dem sich unzählige Eierkartons stapelten.

Freds Bäckerherz schlug sofort höher. „Ich könnte uns Pfannkuchen machen oder einen Gugelhupf backen. Dafür braucht man Unmengen an Eiern."
„Sagt mal, habt ihr keine anderen Sorgen!?!", regte sich Oda auf. „Wollt ihr ernsthaft Kuchen backen, während es in Boring immer stärker stürmt und Arkas frei herumläuft?" Empört verschränkte sie ihre Arme und sah Nemo herausfordernd an. „Du hattest doch eine Idee, wie wir Icy zum Leben erwecken können. Nun erzähl mal! Wie willst du das anstellen? Wie sollen wir an schwarze Tränen kommen, wo Hubsi doch über alle Berge ist und wir noch nicht mal wissen, wo er sich aufhält. Und selbst wenn wir das wüssten, wie sollten wir zu ihm kommen?"
„Wart's ab!", unterbrach Nemo ihren Redeschwall und grinste überheblich. Er schloss die Türen des Küchenschranks wieder und ging zum Wohnzimmerregal.
Freds Magen knurrte vorwurfsvoll.
„Wir brauchen Hubsi vielleicht gar nicht." Nemo

zog die ramponierte Box hervor, in der Arkas gesteckt hatte, und trug sie zur Küchentheke. „Wir machen einfach Hubsis Tränen wieder flüssig."
„Oh, coole Idee", gab Oda zu und half ihm, mit einem Messer die Tränenkruste abzuschaben, die den Deckelrand verklebte. Die schwarzen Brösel fingen sie in einer kleinen Schale auf.
„Sieht aus wie Schwarzpulver", sagte Fred beunruhigt. „Kein Wunder, dass sich die Kruste jedes Mal entzündet hat."
Nemo fügte einen Schuss lauwarmes Wasser hinzu und rührte mit einem Löffel in dem entstandenen Brei herum.
„Vielleicht können wir nicht nur Icy lebendig machen", sagte er mit leuchtenden Augen, „sondern auch noch andere Kuscheltiere?"
„Pass lieber auf!", warnte Fred. „Die Paste ist womöglich gefährlich."
„Ich könnte einen Hund haben", träumte Nemo weiter, „einen Husky oder einen ..."
Plötzlich ertönte ein ohrenbetäubender Knall.

Eine Stichflamme schoss an Nemos Nasenspitze vorbei und hinterließ einen schwarzen Rußfleck an der Küchendecke.
„Ich hab's noch gesagt!", rief Fred.
„Oh nein!", jammerte Nemo. „Nicht schon wieder! Meine Eltern haben sich eh schon so über das Brandloch in der Markise aufgeregt."
Oda lachte. „Moment mal", sagte sie. „Ich glaub, ich hab da noch eine andere Idee. Wir könnten doch selbst schwarze Tränen weinen! Wenn ich das richtig verstanden habe, sind sie entstanden, weil Hubsi gleichzeitig geweint und gelacht hat. Das ist mir auch schon mal passiert, als ich in der Schule gegen die große Glastür gelaufen bin. Zwar hab ich mir wehgetan, aber gleichzeitig musste ich über mich selbst lachen."
Oda lief zur Terrassentür und donnerte gegen das Glas. „Autsch!" Sie rieb sich die Nase. Vor Schmerz traten ihr Tränen in die Augen, aber sie lachte nicht. Nemo und Fred lachten zwar, aber sie weinten nicht.

Oda ging zurück zum Esstisch und versuchte dabei, absichtlich über den Teppich zu stolpern. Sie setzte sich neben einen Stuhl und plumpste unsanft auf den Boden.
„Mist! Das funktioniert auch nicht", seufzte sie und rieb sich den Hintern. „Wenn man sich absichtlich verletzt, ist es überhaupt nicht lustig."
Missmutig ließ sie sich auf das Sofa fallen.
„Dann gucken wir eben *Grenzenlose Liebe*", sagte Fred. „Da muss ich am Ende immer weinen und gleichzeitig bin ich froh, dass es gut ausgeht."
„Na gut. Probieren wir's." Nemo kramte die Fernbedienung aus der Sofaritze und schaltete den Fernseher ein. „Meine Mutter weint dabei auch immer." Er ging in die Mediathek und klickte eine Folge an, bei der seine Mutter neulich Rotz und Wasser geheult hatte. Dann lehnte er sich zurück in die Polster und machte es sich neben Oda gemütlich. Zufrieden bemerkte er, dass sie ihren Arm gar nicht wegzog, als er sie versehentlich berührte. Konzentriert sahen sie auf den

Bildschirm und verfolgten, wie Odas Eltern – die die Hauptrollen spielten – sich stritten, wieder vertrugen und küssten.

„Uärgs!“ Nemo sah schnell weg.

„Klappt leider auch nicht“, sagte Fred enttäuscht, als die Schlussmelodie erklang. Zwar hatte er eine kleine Träne verdrückt, aber die war alles andere als schwarz.

„Es hilft nichts“, seufzte Oda, als im Live-TV der Jingle des sportlichen Wetterberichts erklang. „Wir brauchen Hubsi! Vielleicht kriegen wir ja diesmal wenigstens einen Hinweis zu seinem Versteck. Ein Schild mit einer Aufschrift oder so.“

Nemo nickte. „Das würde helfen. Bis jetzt wissen wir nur, dass er irgendwo am Meer ist, wo es einen Sandstrand gibt und Palmen.“ Er stellte den Fernseher lauter, als der sportliche Wettermann auch schon auf dem Bildschirm erschien.

„Hey-ho, liebe Zuschauerinnen und Zuschauer! Hier kommt euer Hubsi und bringt frischen Wind in die Bude.“

TV

Nemo stutzte.
Hubsi trug einen dicken Anorak. Zwar war er tatsächlich noch am Meer, aber Sandstrand gab es dort nicht. Auch keine Palmen, geschweige denn ein Schild. Nur Schnee und Packeis. Und dann geschah noch etwas Ungewöhnliches: Kaum hatte die Sendung begonnen, schon wurde sie wieder unterbrochen und Freds Großmutter erschien auf dem Bildschirm.

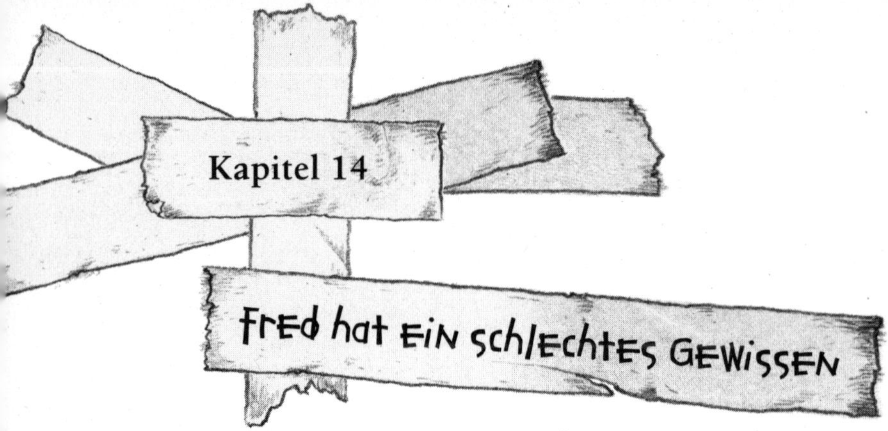

„Ich war nur ganz kurz in der Stadt“, jammerte Freds Großmutter in das zottelige Mikrofon, das ihr eine Reporterin vor das Gesicht hielt. Die Haare und Kleider der beiden Frauen flatterten im Wind. „Und als ich zurückkam“, fuhr Freds Oma fort, „habe ich am Türrahmen Kratzspuren entdeckt. Zuerst hab ich an Einbrecher gedacht und überlegt, ob ich die Polizei rufen soll, doch dann bin ich lieber gleich zu meinem Enkel in die Wohnung gerannt. Aber ...“
Ihre Stimme brach ab. Trompetend schnäuzte sie sich in ein Taschentuch.

Hastig zog die Reporterin ihr Mikrofon zurück und blickte ernst in die Kamera. „Aber der Enkel war weg“, beendete sie den Satz. „Nun stellt sich ganz Boring die Frage: Hat der Bär damit zu tun? Der Bär, von dem Frau Dr. Spargel erfahren haben will?“
„Kann nicht sein“, zog ein Mann die Aufmerksamkeit der Kamera auf sich. Nemo, Oda und Fred erkannten den Besitzer des Wolfshundes wieder. „Ich bin dem Jungen eben noch begegnet“, berichtete der Mann. „Gut, er ist panisch davongeradelt, aber von einem Bären war weit und breit nichts zu sehen. Sicher treibt sich der Bengel nur rum.“
„Sie waren also der Letzte, der ihn lebend gesehen hat“, fasste die Reporterin etwas dramatisch zusammen und ging weiter zu einem Mädchen, das sich mit den Fingern durchs lange Haar kämmte.
„Meine Schwester!“, rief Fred überrascht und setzte sich kerzengerade auf. Mit offenem Mund

verfolgte er, wie Antonia flehte: „Bitte tu meinem Bruder nichts! Ich hab ihn doch lieb!“
Oda lachte kurz auf. „Was glaubt sie? Dass der Bär dich entführt hat?“
Aber Fred war gerührt. „Mach dich nicht über sie lustig! Immerhin hat Antonia zum ersten Mal was Nettes über mich gesagt.“ Gebannt verfolgte er die Sondersendung. Er konnte den Blick kaum vom Bildschirm lösen. Als die Kamera auf seine Mutter schwenkte, wurde er leichenblass. Frau Koch war völlig außer Atem. Offensichtlich war sie eben erst dazugekommen. „Was halten Sie von der Sache?“, fragte die Reporterin. „Kann es sein, dass sich Ihr Sohn nur herumtreibt?“
„Auf gar keinen Fall!“ Frau Koch schüttelte ihren Lockenkopf. „Fred ist so ein braver Junge.“
„Außerdem ist sein Handy zu Hause.“ Antonia schob sich noch einmal ins Bild. „Das hätte er doch sonst mitgenommen. Sicher ist ihm etwas passiert.“
Freds Mutter begann zu weinen.

„Oh mein Gott!“ Fred bekam ein schlechtes Gewissen. „Wie konnte ich nur so rücksichtslos sein und keinen Zettel hinterlassen?“
Oda legte ihm mitfühlend eine Hand auf die Schulter. „Geh lieber nach Hause“, riet sie ihm.
Fred sprang sofort auf. Ohne sich zu verabschieden, rannte er aus dem Haus.
Nemo sah seinem Freund seufzend hinterher. „Das gibt sicher eine saftige Standpauke.“
„Und jetzt?“, fragte Oda. „Das mit den Tränen hat nicht geklappt und wir wissen immer noch nicht, wo Hubsi steckt. Aber ohne ihn können wir Icy nicht lebendig machen und ohne Icy können wir Arkas nicht bändigen. Korbinian wird den Bärenkrieger niemals umarmen und der Wind wird immer stärker werden.“
Frustriert starrten sie aus dem Wohnzimmerfenster, an dem gerade ein Gartenstuhl vorüberflog.
Auf dem Bildschirm interviewte die Reporterin inzwischen Dr. Löcherl. „Was sagen Sie als Jäger

zur Situation? Hat der Sturm den Bären aus dem Wald getrieben?"
„Das glaube ich nicht", antwortete der Zahnarzt. „Tatsächlich sind Wildtiere in bewohnten Gebieten gar nicht so selten. Es gibt Wildschweine in Vorgärten, Enten auf Balkonen und Waschbären, die durch Katzenklappen kriechen."
„Jo, Mann!" Franz Ach lehnte sich von der Seite her ins Bild. „Einmal ist ein Fuchs bei mir im Rathaus gewesen."
„Ach?", sagte die Reporterin überrascht.
Der Bürgermeister nickte. „Franz Ach. Bürgerbote und Postmeister, äh ..."
Dr. Löcherl rollte mit den Augen und klinkte sich wieder ein. „Jedenfalls ist die Stadt für Wildtiere ein paradiesischer Lebensraum. Hier werden sie nicht gejagt und finden ein reichhaltiges Futterangebot. Mülltonnen und Komposthaufen locken sie fast magisch a..."
„Mein Häschen!", unterbrach ihn schon wieder jemand.

Neben dem Zahnarzt tauchte Fred auf, der eben noch zwischen Nemo und Oda auf dem Sofa gesessen hatte. Überglücklich schloss ihn seine Familie in die Arme.

„He!“ Nemo setzte sich auf. „Was ist, wenn wir das auch machen?“

„Uns umarmen?“, fragte Oda verwirrt.

„Nein.“ Nemo wurde knallrot. „Ihn anlocken!“

„Fred?“

„Nein, Hubsi!“

„Mit Mülltonnen und Komposthaufen?“ Oda stand auf dem Schlauch.

„Das nicht.“ Nemo schmunzelte. „Aber mit etwas anderem. Ich weiß, was Hubsi garantiert nach Hause holen wird.“

„Das ist wirklich die beste Idee, die du jemals hattest!“, sagte Oda, nachdem Nemo sie zur Tür gebracht hatte.

„Findest du?“ Nemo lächelte geschmeichelt und sah Oda in die hellgrauen Augen. Plötzlich hörte er das Blut durch seine Ohren rauschen, während es um sie herum ganz still wurde. Selbst das Pfeifen des Windes schien auf einmal weit weg zu sein. Nemo war es, als würde er mit Oda in einer von Magics Seifenblasen davonschweben. Er befürchtete, wieder rot zu werden. „Gut. Also, dann …“ Er räusperte sich.

„Okidoki“, sagte Oda. „Bis morgen!“

Die Seifenblase zerplatzte.

Nemo sah Oda lange hinterher. So lange, bis sie um die große Werbetafel verschwunden war, auf der gerade neu plakatiert wurde. Ein Arbeiter kämpfte mit langen Papierbahnen, die bei dem Wind ständig davonzufliegen drohten. Nemo war gespannt. Nachdem die Anzeigentafel zuerst mit einem Damenhintern für Klopapier und dann mit einem Herrenhintern für ein Immobilienbüro geworben hatte, war er neugierig, was für eine Werbung diesmal wohl angeschlagen wurde. Mit etwas Glück, dachte er, wohne ich morgen nicht mehr *am Arsch der Welt*.

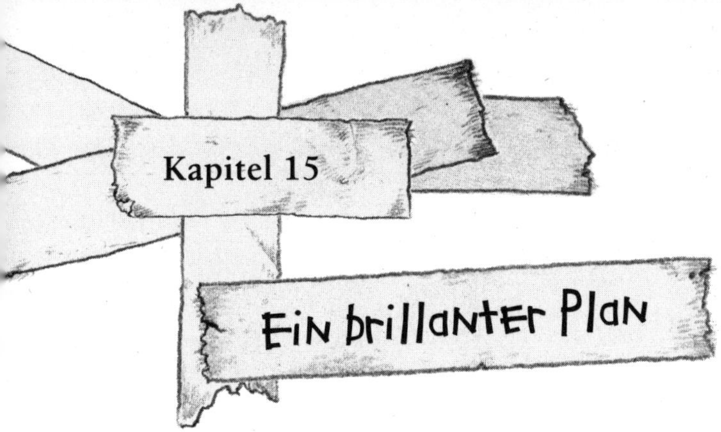

Kapitel 15

Ein brillanter Plan

In dieser Nacht träumte Nemo von Icy. In seinem Traum schafften sie es tatsächlich, das kleine Zottelmonster lebendig zu machen. Aber zu welchem Preis! Nemo weinte dicke schwarze Tränen, nachdem Oda ihm gebeichtet hatte, dass sie ihn zwar sehr mochte, aber mit ihrer Maus an den Nordpol ziehen würde. Seine Tränen tropften auf Icys Pelz, der Yeti sprang auf und tröstete ihn: „Icy auch hübsches Kerl! Habst Nemo ganz lieb. Aba noch liebsta Lasami-Pizza und Koscholadeneis. Büttebütte!“

Nemo ließ sich breitschlagen und lud Icy auf ein

Pinocchio-Eis in Claudios Eisdiele ein, in der Fred saß und mit Bernadette Scrabble spielte. Statt nur einem Wort legte das Au-pair-Mädchen gleich eine ganze Schlagzeile.

WAS WIRD AUS DEM KIND?, las Nemo, als Arkas hereinplatzte und ihn über Borings Geschichte ausfragte. Nemo grübelte noch über das Gründungsjahr der Schule nach, als ihn seine Mutter weckte.

„Crazy!“ Grummelnd schlüpfte er in seine Klamotten. Er schlurfte in die Küche und nahm den Schulranzen mit. Besser, er warf noch einen Blick in das Geschichtsheft. Womöglich war der Traum prophetisch und sie schrieben heute einen Test.

„Papa?“ Erschrocken sah Nemo zu seinem Vater, der verletzt am Küchentisch saß. An seinem Hals war ein blutiger Kratzer zu sehen. „Was ist denn passiert?“

„Oh Mann.“ Sein Vater stocherte in seinem Rührei herum. „Ich stand gerade im Bad“, begann er zu

erzählen, „und wollte mich rasieren. Der Wind pfiff um das Haus und rüttelte an den Fensterläden. Da plötzlich …“ Er klatschte mit der flachen Hand auf den Tisch.
Nemo zuckte erschrocken zusammen.
„… knallte der Fensterladen zu. Im Bad wurde es dunkel und ich hab mich geschnitten.“
„Ach so.“ Nemo bedankte sich bei seiner Mutter für den Teller Rührei, den sie ihm hinstellte, und setzte sich erleichtert. Seine Mutter lachte laut auf und wuschelte ihm durchs Haar. „Du hast wohl gedacht, der Bär hat Papa gekratzt? Aber nein! Wenn, dann läuft der Bär vor *meinem* Bärchen davon.“ Sie gab ihrem Mann einen schmatzenden Kuss.
„Schon gut.“ Nemo sah schnell weg und war heilfroh, dass es in dem Moment klingelte. „Ich muss los!“ Hastig stopfte er sein Geschichtsheft zurück in die Schultasche und lief ohne Frühstück aus dem Haus.

„Ahoi!“, begrüßte ihn Oda, die ihre langen braunen Haare zu zwei festen Knoten gebunden hatte. Sie trug einen isländischen Fischerpulli, der sie bestens für das stürmische Wetter rüstete. Nemo lächelte. Er mochte es, dass sie ihren ganz eigenen Stil hatte und sich wenig um die Meinung anderer scherte. Außerdem war er froh, dass sie noch in Boring und nicht am Nordpol lebte.
„Sag mal, ihr habt ja schon wieder einen Popo vor dem Haus.“ Oda deutete auf das große Werbeplakat im Vorgarten, das mit einem Babypopo Reklame für Windeln machte.
„Ist nicht wahr!“ Nemo stöhnte laut auf. Zwar hatten ihm die Plakate eine Menge aufregender Pakete beschert, aber die vielen Popos waren ihm langsam auch peinlich. Eilig holte er sein Fahrrad aus der Garage und machte sich mit Oda auf den Weg ins Neubauviertel. Es war an der Zeit, Fred abzuholen und ihm endlich von Hubsis trauriger Vergangenheit und Nemos genialem Plan zu erzählen.

„Brillant!" Fred war sofort überzeugt. „Wenn *er* Hubsi nicht heimholt, wer dann?" Er schlürfte die letzten Müslireste aus seinem Pokal und spülte ihn aus. „Der arme Hubsi! Er kann einem wirklich leidtun. Aber wo, glaubt ihr, hat die Spargel den Hasen versteckt?"

„Wahrscheinlich in der Kiste im Keller", sagte Nemo. „Wir schnappen ihn uns und dann zeigen wir ihn auf TV Kabeljau.

Oda nickte eifrig. „Mit etwas Glück sieht Hubsi die Sendung und kommt zurück."

„Bestimmt!" Fred trocknete den Pokal ab, stopfte ihn in den Schulranzen und rief eine Verabschiedung in den Flur.

Seine Großmutter antwortete aus dem Bad: „Kannst du bitte noch den Biomüll mit runternehmen?" Aber da waren sie quasi schon aus der Wohnung.

Als sie kurz darauf aus dem Haus traten, war Fred noch für eine Millisekunde ordentlich gescheitelt, dann ruinierte ihm der Wind die Frisur. „Und wie

kommen wir während des Unterrichts in den Keller?", brüllte er gegen den Sturm an, als sie zur Schule radelten.
„Das lass mal meine Sorge sein!", rief Oda zurück.

Kapitel 16

Im Keller

Oda brauchte exakt dreiundvierzig Sekunden, um Frau Dr. Spargel davon zu überzeugen, dass sie während des Geschichtsunterrichts in den Schulkeller mussten. Sie behauptete einfach, dass sie den Raum der Boringer Bücherwürmer dringend auf den Ansturm vor den Herbstferien vorbereiten mussten. Dabei hatte sich bis jetzt noch kaum jemand je in ihren Buchclub verirrt, geschweige denn ein Buch ausgeliehen. Aber die Direktorin war so begeistert von ihrem Engagement, dass sie Odas Bitte tatsächlich nachkam.

„Du bist echt die weltbeste Ausreden-Erfinderin", lobte Nemo, während sie ins Direktorat liefen, wo sie den Schlüssel für den Raum des Buchclubs holen durften. Mit etwas Glück würden sie dort auch den Schlüssel für den berüchtigten Kellerschrank finden.

Als Nemo jedoch vor dem wuchtigen Schreibtisch stand, fand er – neben ein paar unterrichtsfernen Gegenständen, die noch darauf warteten, in die Kellerkiste zu wandern – etwas ganz anderes.

„Guckt mal, wer da ist!" Er deutete auf einen winzigen Käfig, auf dessen hölzerner Bodenplatte ein paar vertrocknete Käsekrümel lagen. An einem davon mümmelte die Maus.

„Unser Mäuschen!", rief Oda verzückt. Sie öffnete den Käfig und fischte das kleine Fellknäuel hervor. Zärtlich kraulte sie der Maus die rosafarbenen Öhrchen. „Du siehst ja ganz abgemagert aus!", sagte sie vorwurfsvoll. „Hat dich die doofe Spargel nicht richtig gefüttert?" Sie ließ die Maus in Freds

Jackentasche plumpsen und beschloss: „Wir nehmen sie mit!“

„Beeilt euch lieber!“ Nervös spähte Fred durch die offene Tür in die Aula.

„Entspann dich!“ Nemo zog ein paar Schubladen auf und suchte nach dem Kellerschlüssel. Oda sah in den Taschen von Frau Dr. Spargels Pelzmantel nach, der einsam an einem Kleiderständer in der Ecke hing.

„Wo hat sie ihn nur versteckt?“ Grübelnd ließ Nemo seinen Blick durch das geräumige Büro schweifen, bis er an einem gerahmten Foto hängen blieb, das Frau Dr. Spargel mit ihrem Reitlehrer zeigte. Einer plötzlichen Eingebung folgend, nahm er das Bild vom Haken und drehte es um.

„Bingo!“ Im Rahmen klemmte ein kleiner Schlüssel. Auf seinem roten Anhänger stand mit Filzstift *Keller* geschrieben. Nemo löste den Schlüssel und hielt ihn triumphierend in die Höhe.

„Na, dann los!“ Fred winkte sie aus dem Zimmer.

Im Gänsemarsch huschten sie die Treppe nach unten bis vor den Kellerschrank, dessen Türen von einer schweren Eisenkette zusammengehalten wurden. Zwei der Kettenglieder waren mit einem Vorhängeschloss verbunden. Nemo sperrte es auf und zog rasselnd die Kette weg.

„Pssst!“ Fred sah sich nervös um.

Als Nemo die Türflügel öffnete, fiel sein Blick auf zwei Kisten – eine rote Plastikbox und eine aus Holz. Auf beiden klebte ein beschrifteter Kreppstreifen. *Fundsachen* stand auf dem einen, *Unterrichtsferne Gegenstände* auf dem anderen. Nemo zog die Holzkiste hervor und stellte sie auf dem Boden ab. Zusammen mit Oda kniete er sich davor und durchwühlte die Sachen, die Frau Dr. Spargel den Kindern dieses Schuljahr bereits abgenommen hatte. Sie fanden Jo-Jos und Kreisel, ein Stickerheft, mehrere Sammelkarten und Strickzeug mit einem halb fertigen Schal; außerdem ein kaputtes Lichtschwert, einen Troll mit pinkfarbenen Haaren, eine angebissene Tafel

Luftschokolade und einen Teddybären. Aber keinen Hasen.

„Mist!“ Nemo fluchte leise. „Wo hat sie ihn nur hingetan?“

„Vielleicht ist er in die andere Kiste gerutscht?“ Oda wollte nicht so schnell aufgeben. Sie zog die rote Box hervor und durchwühlte mit spitzen Fingern die stinkigen Fundsachen. Nemo rümpfte die Nase. Ein käsiger Geruch schlug ihnen entgegen. Sie fanden krabbelige Mützen, ausgeleierte Gymnastikhosen und zerknitterte Turnbeutel, klebrige Trinkflaschen, löchrige Socken und einzelne Handschuhe.

„Vielleicht bewahrt sie ihn in ihrem Büro auf?“, vermutete Fred. „In einem Tresor oder einer Vitrine. Schließlich ist Hubsis Hase etwas Besonderes. Der erste unterrichtsferne Gegenstand, den sie je einem Schüler weggenommen hat.“

Oda sah ihn belustigt an. „Du meinst, sie hat einen eigenen Schrein dafür und verehrt ihn wie ein Heiligtum?“

„Zuzutrauen wäre es ihr!“ Seufzend stand Nemo auf. „Na gut. Dann sehen wir eben noch mal in ihrem Büro nach. Wir müssen eh den Schlüssel zurückbringen.“

Gemeinsam verstauten sie die Kisten im Schrank. Bevor Nemo die Türen schloss, fischte Oda noch schnell den kleinen Troll aus der Kiste.

Zurück in Frau Dr. Spargels Büro, setzte sie ihn statt der Maus in den Käfig und schob die Schublade zu. Nemo klemmte den Schlüssel wieder hinter das Bild und hängte es zurück an den Nagel. Fred behielt so lange die Aula im Auge, als ihm an der holzgetäfelten Wand neben der Tür die alten Klassenfotos auffielen.

„Interessant!“, murmelte er, während Oda und Nemo sämtliche Wandschränke und Schubladen durchsuchten, die sie bisher noch nicht geöffnet hatten. „Hier ist ein Foto mit Hubsi. Da hatte er seinen Hasen noch.“

„Aha.“ Nur mäßig interessiert stellte sich Oda neben ihn und betrachtete das Bild, dessen Farben

längst verblichen waren. Die abgelichteten Schülerinnen und Schüler trugen allesamt altmodische Kleider. In der vordersten Reihe entdeckte Oda Hubsi mit seinem Kuscheltier im Arm. Hinter ihm standen zwei Jungen und zeigten ihm Hasenohren.
„Wie gemein von den beiden!“, schimpfte Oda.
Nemo trat hinter sie. „Die sehen ja exakt gleich aus.“
„So was nennt man Zwillinge“, erklärte Fred altklug. Er drehte sich zu seinen Freunden um und hob fragend die Augenbrauen. „Und? Habt ihr ihn?“
„Leider nein.“ Nemo schüttelte bedauernd den Kopf.
„Macht nichts.“ Fred lächelte verschmitzt. „Ich habe nämlich 'ne andere Idee.“ Er drehte sich wieder zur Fotowand um.
Als sie kurze Zeit später das Direktorat verließen, blieb zwischen den Bildern ein helles Rechteck zurück.

Kapitel 17

Ein perfekter Zwilling

Es passte gut, dass Freds Großmutter sie an diesem Tag von der Schule abholte, denn schließlich brauchten sie die alte Dame für ihren Plan.

„Franz Ach hat die Innenstadt für den Verkehr freigegeben“, verkündete sie vergnügt, während sie ihre Schultaschen im Kofferraum des winzigen Wagens verstaute. „Zumindest, solange der Bär frei herumläuft. Da hab ich mir gedacht, ich hol euch mit dem Auto ab. Ich will mir nicht noch mal Sorgen um meinen einzigen Enkel machen.“ Sie nahm Fred in den Arm und drückte ihm einen

Kuss auf die Stirn. Nemo und Oda warfen sich einen erleichterten Blick zu. Die Bürgerwehr hatte Arkas also noch nicht erwischt!

„Kommt ihr mit zu uns?“, fragte Freds Großmutter und sah sie erwartungsvoll an. „Fred und ich wollen heute Marshmallows machen. Gestern haben wir schon die Säckchen genäht und eben habe ich bei deinen Eltern die Zutaten gekauft.“ Sie zeigte Nemo ihren Einkaufskorb, in dem neben einem Haufen Gemüse auch mehrere Kilo Zucker warteten. Obenauf lag die neueste *Klatsch royal* und wurde vom Wind heftig durchgeblättert.

„Die Nofties machen wir morgen“, vertröstete Fred seine Oma. Er öffnete die Beifahrertür, klappte den Sitz nach vorn und ließ Nemo und Oda einsteigen. Mit etwas steifem Oberkörper ließ er sich selbst auf den Vordersitz fallen.

„Warum denn erst morgen?“ Seine Großmutter klemmte sich hinter das Steuer. „Das Kino wartet doch schon auf Nachschub.“

„Weil wir erst eine exakte Kopie von diesem Hasen machen müssen." Fred öffnete den Reißverschluss seiner Jacke und zog die gerahmte Fotografie hervor, die er aus dem Direktorat entwendet hatte. Er deutete auf Hubsi und dessen Kuscheltier.
„Ist das der junge Herr Hubert?" Neugierig beugte sich seine Großmutter über das geklaute Klassenfoto.
Oda lehnte sich vor. „Kennen Sie ihn?"
Nemo lachte kurz auf. „Wer nicht? Er ist der sportliche Wettermann von TV Kabeljau!"
„Das schon", sagte Oda. „Aber vielleicht kannte sie ihn, als er noch klein war."
„Selbstverständlich!" Freds Großmutter startete den Motor und stellte sich in den Stau vor der Schule. Bis auf Odas Eltern, die bei Dreharbeiten waren, und Nemos Eltern, die im Supermarkt arbeiten mussten, waren offenbar alle Eltern auf die Idee gekommen, ihre Kinder mit dem Auto abzuholen. „Die ganze Stadt hat doch damals mit dem Jungen gelitten", sagte Freds Großmutter. „So

eine schreckliche Geschichte! Nora und Ben sind nie wieder aufgetaucht. Und Julius hat sich aufopfernd um den Kleinen gekümmert."
„Nora und Ben?" Nun war auch Nemos Interesse geweckt. „Sie kannten Hubsis Eltern?"
„Und den jungen Herrn Siebzehnrübel!" Freds Großmutter schmunzelte Nemo und Oda über den Rückspiegel zu. „Ich fand ihn damals ganz süß. Wir sind ja eine Generation und gemeinsam zur Schule gegangen. Die drei hingen ständig zusammen rum. Eigentlich so wie ihr."
„Genau das Gleiche hat Herr Siebzehnrübel auch gesagt!", rief Oda.
Fred erinnerte seine Oma an den Hasen: „Wir wollen Hubsi eine Überraschung machen und ihm wenigstens sein altes Kuscheltier wiedergeben."
„Das ist aber lieb von euch!" Freds Großmutter setzte den Blinker und bog auf die Ringstraße ab. „Nur, wie wollt ihr das anstellen? Der Hase ist seit Jahrzehnten verschwunden."
„Kannst du ihn nachnähen?", fragte Fred.

Seine Großmutter bedachte ihn mit einem überraschten Blick. Dann zwinkerte sie ihrem Enkel zu. „Nichts leichter als das! Da habt ihr genau die Richtige gefragt."

Nemo staunte. Freds Großmutter war wirklich eine Zauberin an der Nähmaschine. Ihre flinken Finger schnitten zu und steckten fest, fädelten ein und führten den Stoff. Die Nadel ratterte so schnell auf und nieder, dass man sie gar nicht mehr sehen konnte. Da plötzlich ging die Nähmaschine aus.
Freds Großmutter schrie überrascht auf.
„Eine Maus!"
„'tschuldigung. Das ist meine." Eilig nahm Oda die Maus in die Hände und setzte sie in Freds Pokal. „Sie liebt Knöpfe und Schalter", sagte sie entschuldigend. „Jedes Mal, wenn sie einen sieht, muss sie ihn einfach an- oder ausknipsen."
„Na, so was!" Freds Großmutter beruhigte sich wieder. „Aber macht nichts. Ich bin eh fertig." Sie

biss den Faden ab, zupfte Watte aus einer Tüte und stopfte das Genähte aus. Immer wieder spähte sie dabei über den Rand ihrer Lesebrille, um ihren Hasen mit dem auf dem Foto zu vergleichen. Sie kramte passende Glasknöpfe aus einer Pappschachtel für die Augen und nähte exakt den gleichen Knick ins Ohr, den auch der Originalhase hatte.

„Tippitoppi!", rief Oda begeistert. „Er sieht Hubsis Hasen wirklich zum Verwechseln ähnlich."

„Du bist die Beste!" Fred drückte seiner Oma einen dicken Schmatz auf die Wange.

„Prima." Seine Großmutter lächelte zufrieden. „Dann können wir doch jetzt die Marshmallows machen?"

„Leider nein", platzte Nemo heraus. „Wir müssen noch ..."

„Was?" Freds Großmutter sah ihn prüfend an. „Hubsi Hubert ist doch verreist."

Händeringend suchte Nemo nach einer Ausrede.

Nie und nimmer würde Freds Großmutter ihnen erlauben, ohne Begleitung zu TV Kabeljau zu gehen. Nicht, solange der Bär in Boring sein Unwesen trieb. Hilfe suchend sah er zu Oda, aber ausnahmsweise fiel diesmal Fred die richtige Ausrede ein: „... den Biomüll runtertragen", sagte er schnell.
Er rannte in die Küche und griff sich den Kübel mit dem Kompost. Oda schnappte sich die Maus. Nemo den Zwillingshasen. Kichernd liefen sie aus dem Haus.

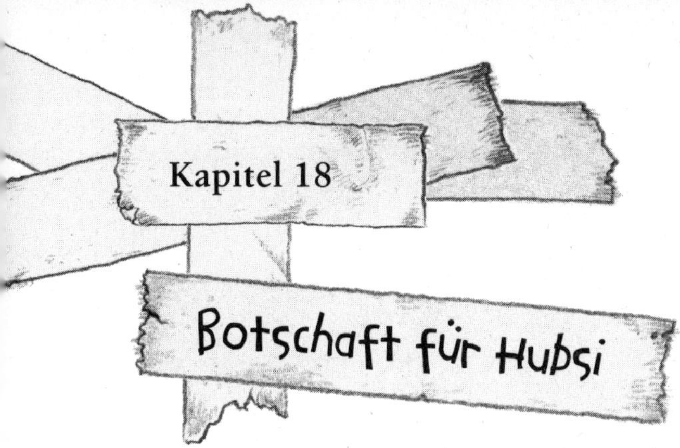

„Oda!“ Erstaunt hob der Pförtner den Kopf. „Ihr lauft hier einfach so rum? Bei diesem Sturm und wo doch der Bär los ist. Habt ihr gar keine Angst?“
Oda verneinte. „Die Bürgerwehr kümmert sich ja darum. Wir haben gehört, dass sie versucht, den Bären zurück in den Wald zu locken. Sie stellt überall Honigfallen auf.“
„Ja, aber weiß man, ob sie funktionieren? Kommt lieber schnell hinters Tor!“ Der Pförtner drückte auf einen Knopf. Surrend öffnete sich das Gatter.
„Willst du deinen Freunden die Studios zeigen?“
„Genau.“ Oda nickte, froh darüber, dass ihr der

Pförtner die Ausrede gleich mitlieferte. „Gibt es eine Live-Sendung, die gerade läuft? Das wäre sicher superspannend für sie."

Der Pförtner sah in einer Liste nach. „Die Angelsendung beginnt gleich in Studio 3. Wär das was für euch?" Er lächelte Nemo und Fred an, als wären sie Kleinkinder. Kein Wunder!, dachte Nemo. Mit dem Kuschelhasen im Arm wirke ich sicher wie ein Dreijähriger. Er und Fred nickten eifrig.

„Gut, dann wünsche ich viel Spaß! Ich mache solange mit meinem Kreuzworträtsel hier weiter."

„Okapi!", sagte Oda.

Der Pförtner guckte verdutzt. „Heißt das *okay*?

„Nein." Oda lachte. „Das ist eine Waldgiraffe – mit fünf Buchstaben."

„Woher weißt du denn so was?", rief Nemo, während sie auf den gigantischen Studiokomplex zuliefen.

„Hab ich im Zoo gesehen." Oda betrat das

Gebäude und führte sie einen schmalen Flur entlang, von dem viele Türen abgingen. Hinter einer davon lag die Maske, der Raum, in dem die Moderatorinnen und Moderatoren geschminkt wurden. Das wusste Nemo noch von ihrem Auftritt in Bella Blütes Beauty-Sendung. Damals hatte er Hubsi zum ersten Mal persönlich kennengelernt.
Hinter den anderen Türen lagen die Redaktionsräume und Werkstätten, in denen die Requisiten für die verschiedenen Sendungen lagerten. Einige der größeren Teile standen im Flur herum. An einer Wand lehnte ein rotes Kajak, daneben ein Surfbrett und eine Plastikpalme. Sie liefen an großen Styropor-Würfeln vorbei, an einem Stapel Liegestühle und an einem rosafarbenen Schminktischchen, das zweifellos zur Beauty-Sendung gehörte.
„Hier rein!“ Oda zog eine schwere Eisentür auf, über der eine rote Lampe brannte. „Die Sendung hat schon begonnen“, flüsterte sie. „Am besten,

wir platzen von hinten ins Set. In der Kulisse ist eine kleine Tür."

„Okapi!" Nemo nickte grinsend.

Leise huschten sie durch das halbdunkle Studio. Die Schatten der Kameraleute nickten ihnen konzentriert zu. Wie gut, dass alle Oda kannten! So wunderte sich niemand über die Kinder, die hinter die Kulisse schlichen. Durch die dünne Pappwand konnte Nemo das Geplapper des Moderators hören: „Für Nasen nehmt ihr am besten eine 18er-Schnur, nur nicht zu viel, sonst werft ihr eine Perücke."

Nemo sah die anderen verwirrt an. „Sind wir wirklich in der Angelsendung?"

„Klaro!" Fred kicherte leise. „Eine *Nase* ist ein Fisch. Und *Perücke* sagt man zu einer verhedderten Angelschnur. Ist mir schon tausend Mal passiert, wenn ich mit meinem Vater am Boringer Weiher war. Moment mal!" Er hielt die anderen auf. „Da vorne ist er."

„Der Boringer Weiher?" Oda stutzte.

„Nein. Mein Vater."
Jetzt sahen Nemo und Oda ihn auch. Ein Mann mit Glatze und Vollbart stand im Halbdunkel vor der kleinen Tür in der Bühnenwand und schien auf seinen Auftritt zu warten.
„Papa?" Fred ging auf seinen Vater zu und zischte: „Was machst du denn hier?"
„Richie! Das Gleiche wollte ich dich gerade fragen", flüsterte sein Vater zurück. „Ich bin Gast in der Sendung."
„Aber so kann ich Sie unmöglich vor die Kamera lassen!" Oda schob sich vor ihre Freunde und sah Herrn Koch missbilligend an. Erstaunt stellte Nemo fest, dass sie plötzlich ein Headset trug. In ihren Händen hielt sie ein Klemmbrett, das sie offensichtlich von einem Stuhl gemopst hatte. Oda sah aus wie eine kleine Aufnahmeleiterin.
Freds Vater sah sie verwirrt an. „Warum denn nicht?"
„Na, Ihre Birne glänzt wie eine Christbaumkugel. Sie sollten dringend noch mal in die Maske."

Herr Koch fasste sich irritiert an die Stirn. „Aber ich bin doch gleich dran."
„Keine Sorge. Ich regele das für Sie." Oda tat so, als spräche sie mit der Regie. „Wir schieben den Auftritt von Herrn Koch nach hinten und nehmen solange die Jungs dran", wisperte sie in das Headset und kritzelte eine Notiz auf das Klemmbrett.
Herr Koch sah seinen Sohn überrascht an. „Ihr seid auch in der Sendung?"
Fred nickte mindestens ebenso überrascht.
„Also los!", zischte Oda. „Laufen Sie schon! Sonst blamieren Sie sich nur."
„Okay, danke!" Freds Vater hob beide Daumen und dackelte eilig davon. Oda legte Headset und Klemmbrett beiseite und lauschte dem Moderator. Seine Stimme drang deutlich durch die dünne Pappwand: „Viele denken, man könne bei Wind nicht angeln. Dabei wirbelt er viele Nährstoffe durchs Wasser. Die Fische lieben das! Trotzdem muss man natürlich einiges beachten. Alles über

den richtigen Wobbler, Blinker und Spinner erzählt euch nun unser Gast, der legendäre … Toooorben Koch!“

Oda öffnete die Tür und platzte ins Set. Etwas überrumpelt stolperten Nemo und Fred ihr hinterher. Die Scheinwerfer waren so grell, dass Nemo die Augen zukneifen musste. Nur schemenhaft konnte er den Mann erkennen, der vor ihnen stand. Ein großer Kerl mit Schlapphut und Anglerhosen.

Im Studio entstand Unruhe.

„Äh … das ist nicht Torben“, stammelte der Schlapphut. „So viel ist klar. Die Frage ist nur: Wer seid ihr? Und was habt ihr hier zu suchen?“

„Wir suchen gar nichts“, erwiderte Oda, als wäre die Frage ernst gemeint. „Im Gegenteil, wir haben etwas gefunden.“ Sie nahm Nemo den Hasen aus dem Arm und prüfte kurz, an welcher Kamera das rote Lämpchen blinkte. Dann hielt sie das Kuscheltier vor die Linse. „Wir haben diesen Hasen aus dem Boringer Weiher gezogen und fragen uns, wem er gehört. Es handelt sich um einen beigen Hoppler mit schwarzen Knopfaugen und einem Knick im Ohr. Um den Hals trägt er eine rote Fliege mit weißen Punkten."

„War's das?", fragte der Moderator verkniffen. „Oder wollt ihr noch eure Oma grüßen?"

„Gern!" Fred trat einen Schritt vor.

„Das war ein Scherz, junger Mann." Der Moderator versuchte, Fred aus dem Bild zu drängen.

„He! Nicht so *barsch*!", beschwerte sich Nemo und zeichnete Gänsefüßchen in die Luft. Im Studio kicherte jemand über seinen Fisch-Witz. Das schien zu wirken. Um nicht humor- und herzlos zu wirken, lenkte der Moderator ein: „Na gut, dann sagt noch schnell, an wen und wohin das Kind sich wenden soll, wenn es seinen Hasen wiederhaben will."

„Danke." Nemo dachte kurz nach. Sollte er wirklich im Fernsehen seine private Adresse verkünden? Aber dann kam ihm eine andere Idee.

TV Kabeljau
TV
TV

Er sah in die blinkende Kamera und stellte sich vor, er würde nur zu Hubsi sprechen, als er sagte: „Am besten, der Besitzer des Hasen wendet sich an: ‚Niemand! Wo der Pfeffer wächst. Am Arsch der Welt.‘“

„Schade, dass ich meine Oma nicht grüßen durfte.“

Enttäuscht nahm Fred den Kompostkübel wieder auf, den er hinter der Kellertür versteckt hatte, und stapfte damit die Treppe hoch. „Sie hätte sich sicher sehr gefreut. Wo sie uns doch geholfen hat, den Hasen zu nähen.“

„Schaut sie denn überhaupt die Angelsendung?“, bezweifelte Oda.

„Das nicht“, gestand Fred.

„Na also“, sagte Nemo. „Hauptsache, Hubsi hat sie gesehen und kommt schnell zurück. Beeilen

wir uns lieber! Seine Sendung fängt gleich an.“ Er drückte die kaputte Wohnungstür auf und erschrak fast zu Tode, als Antonia direkt dahinterstand. Offensichtlich hatte sie schon auf ihren kleinen Bruder gewartet.
„Wo warst du?“, blaffte sie ihn an.
„Den Biomüll runtertragen, wieso?“
„Und warum ist er dann immer noch voll?“
Ertappt sah Fred auf das Eimerchen in seiner Hand. Vor lauter Aufregung hatte er ganz vergessen, es auszuleeren.
Antonia schimpfte weiter: „Omi hat sich voll Sorgen gemacht, du Dumpfbacke! Sie sucht dich überall, obwohl wir im Haus bleiben sollen, hat der Bürgermeister gesagt. Du bist also schuld, wenn sie Ärger kriegt.“
Aufgebracht zückte Antonia ihr Handy und rief ihre Großmutter an, um Entwarnung zu geben.
Fred verdrehte die Augen und verschwand mit Nemo und Oda im Wohnzimmer. Eilig setzten sie

sich auf die Couch und schalteten den Fernseher ein, als auch schon der Jingle des sportlichen Wetterberichts erklang. Ein Urwald erschien auf dem Bildschirm, Hubsi schwang an einem Seil ins Bild und sprang mit einem Satz auf den Boden.
„Hey-ho, meine Lieben!“ Er trug beigefarbene Safari-Klamotten wie Herr und Frau Wurgs, die beiden Spielzeugfiguren von Seki, dem auch die Maipupus gehört hatten.
„Das gibt's doch nicht!“, rief Oda. „Wo ist er denn jetzt schon wieder? Hubsi kann doch nicht jeden Tag in ein anderes Land reisen!“
„Pssst!“ Nemo hing an Hubsis Lippen. Jetzt kam alles darauf an, ob er ihren Auftritt mitbekommen hatte.
„Wie ich höre, ist es immer noch windig in Boring“, sagte der Wettermann. „Und das ändert sich auch nicht so schnell. Am Mittwoch wächst sich der Wind zu einem Sturm aus. Und aus einem Sturm wird schnell ein Orkan. Ja, man möchte meinen, nur Indoor-Sportarten seien noch

möglich, aber weit gefehlt! Wer heute schon TV Kabeljau gesehen hat, weiß, welche Outdoor-Sportart auch bei Wind gut zu betreiben ist."
„Yes!" Nemo sprang auf. „Er spricht von der Angelsendung."
„Richtig geraten", schien Hubsi zu antworten. „Angeln geht auch bei stürmischem Wetter. Also raus mit euch! Ab in die Natur! Ich will ein paar hübsche *Barsche* sehen. Und fangt mir bloß keine alten Schuhe", warnte er. „Wenn, dann ein Kuscheltier, so wie die Kinder, die einen Hasen aus dem Boringer Weiher gezogen haben."
„Jetzt kommt's!" Aufgeregt knabberte Fred an seinen Fingernägeln. Gespannt verfolgten sie, wie Hubsi sein Publikum aufforderte: „Bitte helft alle mit bei der Suche nach dem Kind, das sein Kuscheltier verloren hat!"
„Dem Kind?", wunderte sich Nemo.
„Sicher wird es von jemandem sehr vermisst", fuhr Hubsi fort.
„Von jemandem?", wiederholte Oda tonlos.

„Ich weiß das aus eigener Erfahrung." Hubsis Augen füllten sich mit Tränen. „Als ich klein war, hatte ich ein ganz ähnliches Kuscheltier."
„Ähnlich?", fragte Fred.
Hubsi lächelte spitzbübisch. „Aber in einer Winzigkeit unterschied sich mein Hase dann doch."
Die Freunde sahen sich erschrocken an.
Hubsi kam ganz nah an die Kamera. Sein Lächeln verzerrte sich zu einem spöttischen Grinsen. Die Tränen in seinen Augen verdunkelten sich. „Dazu möchte ich Ernst Jandl zitieren, den großen Poeten und Namensgeber der Boringer Schule. Hier kommt sein Gedicht *lichtung*: manche meinen lechts und rinks kann man nicht velwechsern. werch ein illtum!"
Der Wettermoderator begann, schallend zu lachen. Eine schwarze Träne löste sich aus seinem Augenwinkel und kullerte ihm die Wange hinab.
Oda guckte entsetzt. „War das eine Botschaft an uns?"

„Ich glaub schon." Nemo holte das Klassenfoto vom Nähtisch.
„Mist!", fluchte er.
„Was ist?", fragte Fred.
Nemo deutete auf den Hasen auf dem Bild. „Wir haben rinks und rechts, äh, links und lechts verwechselt. Deine Oma hat das Knickohr auf die falsche Seite genäht." Er sah zu Hubsi, der immer noch lachte. Irgendwie hatte sein ehemaliges Idol etwas Irres im Blick.
„Er lacht uns aus", stellte Oda ernüchtert fest.
„Er hat ja auch gut lachen", schimpfte Fred. „Er ist weit weg und muss sich nicht mit einem fiesen Bärenkrieger herumschlagen. Oder mit einem Sturm, der sich bald zu einem Orkan auswächst. Bei Hubsi weht nicht mal das klitzekleinste Lüftchen."
„Stimmt." Überrascht schob Oda ihre Brille zurecht. „Jetzt, wo du es sagst ... Das kann doch nicht sein, dass sich im Urwald kein einziges Blatt bewegt."

„Allerdings!“, rief Nemo. „Das ist schon recht ungewöhnlich.“
Während Hubsi sich von seinem Publikum verabschiedete, stellte Nemo das Foto zurück und näherte sich dem Bildschirm. Die Farne hinter Hubsi bewegten sich keinen Millimeter, und selbst das Licht, das durch die Blätter fiel, blieb immer gleich. „Ich glaub's ja nicht ...“ Nemo deutete in eine Ecke des Bildschirms und wandte sich aufgeregt zu seinen Freunden um. „Hier am Rand sind die Pflanzen wie abgeschnitten. Das ist kein Urwald ... sondern eine Fototapete.“
„Oh Mann, sind wir blöd!“ Oda ging ein Licht auf. „Erinnert ihr euch an die Requisiten im Flur von TV Kabeljau? Die Palme. Die Styropor-Würfel. Und die Liegestühle.“
Fred stammelte: „Du meinst ... Hubsi ist gar nicht verreist?“
Oda nickte. „Er sendet aus einem stillgelegten Studio. Wir sind also quasi an ihm vorbeigelaufen.“

Nemo grinste.
„Also, für mich sind das gute Nachrichten“, rief er und wollte sofort los – aber es blieb ihnen nichts anderes übrig, als sich bis zum nächsten Tag zu gedulden. Denn in dem Moment kam Freds Großmutter nach Hause.

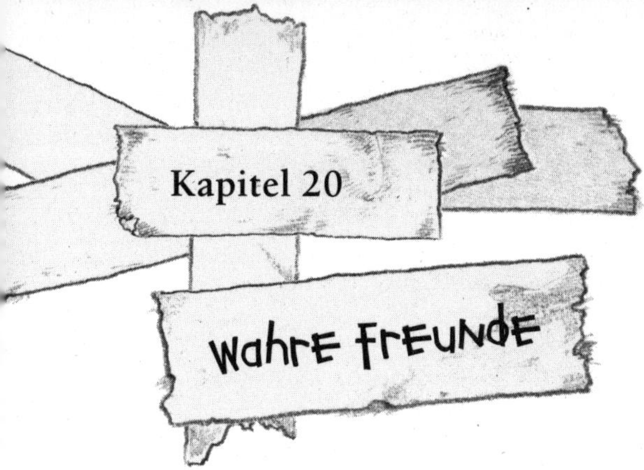

Nemo saß eingeklemmt zwischen seinen Eltern auf dem Sofa und wackelte nervös mit dem Knie. Innerlich verfluchte er Freds Großmutter, die auf ihrer Suche nach Fred alle total verrückt gemacht hatte. Seine Eltern, Freds Eltern und sogar Bernadette. Die Erwachsenen hatten darauf bestanden, dass sie alle sofort nach Hause kamen und auch dort blieben. Jetzt schaute er also *Grenzenlose Liebe* und aß Omelett, statt sich mit seinen Freunden in den Katakomben von TV Kabeljau auf die Suche nach Hubsi zu machen. Dabei mussten sie ihn dringend finden, den

gefrorenen Icy zum Leben erwecken und Arkas bändigen, bevor die Bürgerwehr ihn erwischte.
Als die Nachrichten über den Bildschirm flimmerten, erfuhr Nemo, dass diese dem lebendigen Spielzeug bereits auf der Spur war. Eine der Wildkameras hatte den Bären an einer Honigfalle gefilmt.
„Das Dumme ist nur“, schnaubte Frau Dr. Spargel, „dass Dr. Löcherl nicht sagen kann, an welcher. Er hat die Kameras zwar durchnummeriert, aber nicht notiert, wo er welche positioniert hat. Wie blöd kann man eigentlich sein?“
„Tja.“ Die Reporterin wandte sich an die Menschen vor den Bildschirmen. „Die Bürgerwehr wird sich also aufteilen und alle Honigfallen einzeln abklappern müssen.“
Das kann dauern, dachte Nemo beruhigt und sagte seinen Eltern Gute Nacht.
Als er im Bett lag, lauschte er noch lange dem Sturm, der wütend ums Haus fegte. Jedes Scharren und Knacken ließ ihn erschrocken

zusammenzucken. War das Arkas, der seine Krallen wetzte? Oder nur ein Ast, der an der Dachrinne schabte?
Spät in der Nacht stand Nemo auf und ging zum Eisfach, um nachzusehen, ob Icy noch da war. Er nahm das steif gefrorene Kuscheltier mit ins Bett, drückte es an sich und wünschte, dass es jetzt schon lebendig wäre.
„Brauchst nix Sorgen machst!“, würde das große Zottelmonster sagen und mit seinem Speer grimmig die Zimmertür bewachen.

Am nächsten Morgen sah der Garten aus wie das Zimmer von Freds Schwester. Der Sturm hatte alles, was nicht niet- und nagelfest war, durch die Gegend geworfen. Während Nemo sich anzog, überlegte er, wie es nun weiterging. Seine Eltern verabschiedeten sich wie jeden Tag in den Supermarkt, Odas Eltern waren zwar noch bei Dreharbeiten, aber es war unwahrscheinlich, dass Bernadette ihr erlaubte, das Haus zu verlassen.

Fred tauchte ganz sicher nicht auf, zumal heute auch noch die Schule ausfiel.
Dann hängt also alles von mir ab!, dachte Nemo ein wenig beunruhigt und legte Icy zurück in den Kühlschrank. Ich muss wohl oder übel alleine losziehen. Er schlüpfte in seine Windjacke, als es im selben Moment klingelte.
„Fred!“ Erfreut grinste Nemo seinen Freund an, der vor der Tür stand und um dessen Hals ein gehäkelter Beutel baumelte. Darin saß die Maus.
„Wie hast du das angestellt?“
„Was?“
„Na, dich abgeseilt.“
Fred hob eine Tasche voller Marshmallows hoch.
„Ich hab mit Omi die Nofties fertig gemacht und soll sie ins Gala-Kino bringen.“
„Grüezi miteinand!“ Gut gelaunt bog Oda um die Ecke. Ihre geflochtenen Zöpfe flatterten im Wind.
Nemos Grinsen wurde noch breiter.
Auf seine Freunde war einfach Verlass!

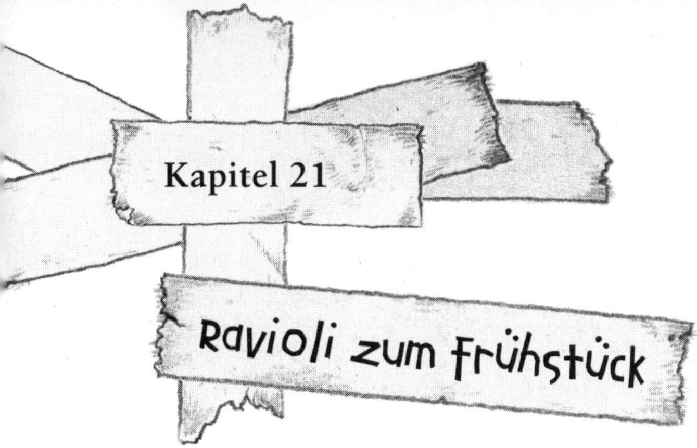

Kapitel 21

Ravioli zum Frühstück

„Ihr schon wieder?“ Der Pförtner guckte diesmal weit weniger freundlich. „Ich darf euch nicht mehr reinlassen nach dem Chaos, das ihr gestern angerichtet habt.“
„Bitte, nur ganz kurz.“ Oda guckte unschuldig. „Fred hat seine Zahnspange liegen lassen. Wir holen sie schnell und schwups – sind wir wieder weg.“ Während der Pförtner nachdachte, flogen eine Plastiktüte, eine leere Coladose und ein Gummistiefel vorbei. „Außerdem ist es hier draußen gefährlich!“, rief Nemo. „Der Wind weht alles durch die Gegend.“

„Na gut." Knurrend drückte der Pförtner auf den Knopf. „Aber nicht, dass ihr mir wieder Ärger macht!"
„Versprochen!" Oda schlüpfte durch das Tor.
Der Pförtner sah auf sein Kreuzworträtsel.
„*Täuschung* mit fünf Buchstaben?", rief er hinter ihnen her. „Der erste ein *B*."
„*Bluff*", sagte Oda und überlegte, ob er sie nicht doch durchschaut hatte.

„Aber er *muss* hier irgendwo sein!", sagte Nemo. Schon zum zehnten Mal gingen sie an den Styropor-Blöcken vorbei, die Hubsi als Eisschollen gedient hatten. Immer wieder öffneten sie sämtliche Türen des großen Studiokomplexes, fanden aber nur Zimmer mit Schreibtischen oder Räume voller Gerümpel vor. Frustriert sah Nemo erneut in die Maske, obwohl er wusste, dass der Wettermann dort nicht war.
„Warte mal", sagte Fred, bevor Nemo die Tür wieder zuzog. Er deutete auf einen Kleiderständer,

hinter dem sich die Konturen einer weiteren Tür abzeichneten. „Könnte dort nicht ein Studio sein?"

„Eher eine weitere Garderobe", vermutete Oda, „wobei ..."

Auf leisen Sohlen schlich sie in den Raum und schob den Kleiderständer zur Seite. Dahinter kam ein Schild zum Vorschein, auf dem SENDUNG stand. Auch wenn es im Moment nicht leuchtete, war klar, dass es sich um eine Lampe handelte. Oda strahlte und hob einen Daumen. Stumm nickte sie ihren Freunden zu.

Nemo schlüpfte aus seinem rechten Schuh und klemmte ihn in den Türspalt, damit aus dem Flur etwas Licht zu ihnen hereinfiel. Ohne die Deckenbeleuchtung anzumachen, schlich er zu Oda und legte ein Ohr an die hintere Tür. „Es ist nichts zu hören", flüsterte er.

„Ja", flüsterte Oda zurück. „Aber ist das nicht auch Sinn und Zweck einer Studiotür, dass sie keine Geräusche durchlässt?"

„Na gut, dann lasst uns nachsehen." Nemo legte eine Hand auf die Klinke und sah seine Freunde fragend an.
Fred schüttelte instinktiv den Kopf.
Oda nickte ihm aufmunternd zu.
Das reichte!
Nemo legte seine zweite Hand auf die Klinke und riss die Tür mit einem entschlossenen Ruck auf. Vorsichtig spähten sie in den Raum, dessen breite Rückwand mit einer auswechselbaren Fototapete versehen war. Von der Decke baumelten drei Scheinwerfer, von denen nur der mittlere leuchtete. Sein Strahl fiel senkrecht auf eine Isomatte, die auf dem Boden ausgerollt war. Auf ihr lag ein zerknüllter Schlafsack. Es sah aus, als ob hier jemand kampierte. Vor der Schlafstelle stand ein Gaskocher, der leise vor sich hin fauchte. In einer Ecke flimmerte ein Fernseher, auf dem TV Kabeljau lief. Das Gerät tauchte den Raum in bläuliches Licht und verlieh dem Urwald auf der Fototapete eine gespenstische Stimmung.

Nemo erschrak. Erst jetzt entdeckte er auch die Umrisse einer Gestalt. Außerhalb der Lichtquellen saß ein Mann auf einem niedrigen Camping-Stuhl und machte sich zum Frühstück eine Dose Ravioli warm.

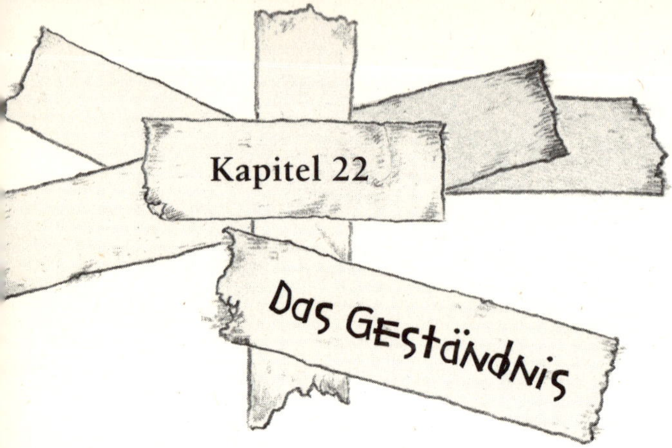

Kein Zweifel: Das war Hubsi Hubert, der Wettermann von TV Kabeljau! Und er erschrak mindestens genauso wie sie.

Beinahe kippte er mit seinem Campingstuhl um, doch dann fing er sich wieder und setzte sich ordentlich hin.

Nemo fand, dass er etwas verlottert aussah. Der Wettermann trug gestreifte Boxershorts, ein verwaschenes Band-T-Shirt, Tennissocken und Badeschlappen. Sein Drei-Tage-Bart war jetzt eher ein Fünf-Tage-Bart und die Haare auf seinem Hinterkopf waren vom Schlaf ganz verstrubbelt.

„Hey, hey, da seid ihr ja endlich!“, begrüßte er die Kinder, als ob er bereits auf sie gewartet hätte.
„Was soll das heißen?“, entgegnete Nemo forsch. „Wollten Sie nicht zu *uns* kommen?“
„Genau!“ Fred setzte sich im Schneidersitz auf die Isomatte, als wäre er im Campingurlaub.
Oda ließ sich neben ihn auf den Schlafsack fallen. „Sie haben doch versprochen, uns nach dem Actionlauf alles zu erklären.“
„Hab's mir eben anders überlegt“, murmelte Hubsi und klang dabei fast ein wenig reumütig. „Ich musste ja noch das Paket abgeben.“
„Das mit dem Bärenkrieger?“ Nemo überlegte kurz, ob er sich neben Oda setzen sollte, entschied sich dann aber doch für einen gepolsterten Bürostuhl mit Rollen, um nicht tiefer als Hubsi zu sitzen. „Ist Ihnen eigentlich klar, was Sie damit angerichtet haben?“
„Ihr hättet das Päckchen ja nicht aufmachen müssen.“ Trotzig sah Hubsi zu Nemo hoch. „Immerhin stand *Bitte nicht öffnen* drauf.“

„Es war aber schon offen!“ Nemo rollte näher an den Moderator heran. „Arkas war längst lebendig, als Sie das Päckchen zur Post gebracht haben. Er hat es zerfetzt und ist durch die Katzenklappe entkommen.“

„Und was hab ich damit zu tun?“ Hubsi machte ein unschuldiges Gesicht.

„Sagen Sie mal, sind Sie völlig plemplem?“ Fred zeigte ihm einen Vogel. „Da draußen tobt ein Sturm und wenn wir nicht bald etwas unternehmen, haben wir es mit einem Orkan zu tun. Den haben Sie selbst angekündigt.“

„Also doch!“ Hubsi drehte den Gaskocher runter und pikste mit einer Gabel eine Teigtasche aus der Dose. „Ich hab schon geahnt, dass die Päckchen was mit dem Wetter zu tun haben.“

„Geahnt?“ Oda lachte ungläubig. „Haben Sie nicht genau deshalb die Spielsachen geklaut? Um Ihren Wetterbericht aufzupeppen?“

„Nein, ganz bestimmt nicht.“ Kauend schüttelte Hubsi den Kopf.

„Warum denn dann?“, rief Fred. „Rücken Sie endlich mit der Sprache heraus!“ Sein rechtes Augenlid begann, nervös zu zucken.
„Hoho!“ Hubsi erschrak über Freds Heftigkeit. „Immer mit der Ruhe, mein Junge.“
„Aber Fred hat recht“, verteidigte Nemo seinen Freund. „Sagen Sie uns endlich, warum Sie den Boringer Kindern ihr Spielzeug klauen.“
Fred warf Nemo einen dankbaren Blick zu. Schnaubend fischte er die Maus aus dem Brustbeutel und streichelte ihr zur eigenen Beruhigung das Fell.
Hubsi senkte den Kopf. Beschämt stocherte er in seinen Ravioli herum und gestand: „Ich kann es einfach nicht ertragen, wenn Kinder ihr Lieblingsspielzeug noch haben, wo mir meines doch weggenommen wurde.“ Er sah wieder auf. „Woher habt ihr eigentlich von meinem Hasen gewusst?“
Oda sagte: „Herr Siebzehnrübel hat uns von ihm erzählt.“
„Der gute Julius.“ Hubsi traten Tränen in die

Augen. „Er und Schnuffel waren mein einziger Trost."
„Nachdem Ihre Eltern verschwunden waren", sagte Nemo etwas sanfter.
Hubsi sah ihn überrascht an. „Das wisst ihr auch?"
Oda ließ nicht locker: „Aber was bringt es Ihnen, wenn andere Kinder leiden?"
„Anfangs habe jahrelang *ich* gelitten", verteidigte sich Hubsi. „Erst mit den Zahnschmerzen hat sich alles geändert."
„Den Zahnschmerzen?" Nemo stand auf dem Schlauch.
Hubsi nickte. „Im Sommer war ich bei Dr. Löcherl und habe dort Leon mit seinem Stofftier im Garten gesehen. Der Junge hat dem Yeti aus Moos und Blättern ein Lager gebaut. Genau wie ich damals für Schnuffel." Eine Träne kullerte ihm die Wange hinab, die – soweit Nemo das im fahlen Licht sehen konnte – nicht schwarz war. Der Wettermann fuhr fort: „Da hat mich der blanke

Neid gepackt, Trauer und eine unbändige Wut." Er ballte die Faust. „Ganz unüberlegt bin ich nach dem Termin in den Garten geschlichen und habe dem Jungen den Yeti geklaut."

„Oh Mann!" Fred stöhnte laut auf. „Anstatt sich an Frau Dr. Spargel zu rächen, haben Sie also Ihren Frust an einem Schwächeren ausgelassen?" Zornig setzte er die Maus auf dem Boden ab, um beide Hände zum Gestikulieren frei zu haben. „Nur damit ich das richtig verstehe: Sie klauen Spielzeug, weil Ihnen Spielzeug geklaut wurde? Aber haben Sie mal darüber nachgedacht, was passiert, wenn Ihre Opfer wieder zu Dieben werden? Und die Opfer der Opfer das Gleiche tun? Und die Opfer der Opfer der Opfer ..."

„Ich glaube, wir haben verstanden", unterbrach ihn Nemo. „Nur eines kapier ich immer noch nicht: Warum haben Sie die Päckchen zu mir geschickt?"

„Das wollte ich nicht, ganz ehrlich! Ich wollte sie nur so weit weg wie möglich schicken. Eben dahin, *wo der Pfeffer wächst. An den Arsch der Welt.* Aber Franz hat sie zu dir gebracht, keine Ahnung warum.“ Hubsi zuckte mit den Schultern. „Ich weiß nur, dass ich zum ersten Mal seit Langem ein gutes Gefühl hatte, als ich den kleinen Yeti verpackt habe. Gleichzeitig hat es mich unendlich traurig gemacht.“

„Deshalb haben Sie beim Verpacken gelacht und geweint.“ Nachdenklich drehte sich Nemo mit dem Bürostuhl im Kreis. „Ist Ihnen wenigstens aufgefallen, dass es schwarze Tränen waren? Fanden Sie das nicht komisch?“

„Doch, schon. Aber ich hab nicht geahnt, was sie auslösen. Dabei hätte ich es wissen müssen.“

„Wieso das denn?“, fragte Oda.

„Wegen der Zwiebel.“

„Der Zwiebel?“ Nemo hielt an.

Hubsi nickte.

Oda und Fred rückten etwas näher, als er erzählte: „Als Kind habe ich in eine schwarze Zwiebel gebissen, die meine Eltern von Stenödeborg

mitgebracht hatten, einer Steininsel im Nordischen Meer. Als sie kurz darauf zu ihrer nächsten Forschungsreise aufbrechen wollten, war ich sehr traurig. Nur mein Kuscheltier Schnuffel hat mich getröstet. Mit ihm war ich glücklich und doch voller Trauer. Plötzlich habe ich schwarze Tränen geweint und Schnuffel wurde lebendig. Als ich ihn aber umarmte, wurde er wieder zum Kuscheltier. Ihr könnt euch vorstellen, meine Eltern waren ganz schön überrascht und haben ihre Reisepläne daraufhin umgeschmissen. Sie sind erneut nach Stenödeborg gereist, um dem Geheimnis der Zwiebel auf die Spur zu kommen."
Hubsi schniefte und endete mit erstickter Stimme: „Aber von dieser Reise sind sie niemals wieder zurückgekehrt."
Nemo war verwirrt. Er hatte auf einmal den Eindruck, dass hinter alldem noch eine andere Geschichte steckte – und dann noch eine, und noch eine, so wie bei den Schichten einer Zwiebel.

„Das entschuldigt rein gar nichts“, sagte Fred unbarmherzig.
Hubsi gab ihm recht. „Sorry, Leute, ich bin wirklich nicht stolz auf das alles.“
„Dann helfen Sie uns!“, forderte Oda ihn auf.
„Gern. Aber wie?“ Hubsi wollte den Gaskocher ausmachen, als die Maus ihm zuvorkam. Geschickt drückte sie mit ihren Pfötchen den Regler hinunter. Die blaue Flamme erlosch. Fred packte das kleine Tier behutsam am Nacken und setzte es zurück in den Beutel. „Indem Sie den Yeti noch einmal zum Leben erwecken!“, verlangte er.
Hubsi sah die Kinder erstaunt an.
„Ich dachte, ich soll damit aufhören.“
„Schon“, sagte Nemo. „Aber nicht gleich.“

Kapitel 23

Wiedersehen mit einem Freund

Obwohl sie wettertechnisch mittlerweile einiges gewohnt waren, hatte Nemo die Stadt noch nie so erlebt. Borings Straßen waren menschenleer, gleichzeitig aber erfüllt von einem ungeheuren Lärm: einem Brausen und Tosen, einem Stürmen und Dröhnen. Gegenstände flogen an ihnen vorbei, sämtliche Laubkronen waren nun blattlos. Die dürren Gerippe der Bäume klapperten wie Skelette im Wind.
Der Weiher sah aus wie ein Meer. Gewaltige Wogen rollten donnernd ans Ufer, weiße Schaumkronen tanzten auf ihren Spitzen. An den

Brückenpfeilern spritzte die Gischt so hoch, dass das Wasser die Fahrbahn überschwemmte und ihre Fußknöchel umspülte. Obwohl es nicht regnete, waren sie bald pitschnass.
Als sie endlich bei ihm zu Hause ankamen, verteilte Nemo Handtücher. Sie rubbelten sich die Haare trocken und wrangen ihre Socken aus. Hubsi plumpste aufs Sofa und bediente sich an den Kartoffelchips, die vom Vorabend noch herumstanden. Oda holte Icy aus dem Gefrierfach und legte das steif gefrorene Kuscheltier vor ihn auf den Couchtisch.
Der Wettermann beugte sich darüber und schmunzelte belustigt. „Das also ist euer Plan? Wir erwecken den Yeti zum Leben, locken Arkas an und Korbinian umarmt ihn?"
„Exakt!" Nemo freute sich, dass Hubsi so schnell verstand. Er war sich nicht sicher, was aufregender war: sein einstiges Idol bei ihm auf dem Sofa sitzen zu sehen oder dass sie gleich Icy Ice-Monsta wiederbegegnen würden.

Hubsi lachte schallend. Er ließ sich zurück in die Polster fallen und legte seine langen Arme auf der Rückenlehne ab. „Und wie wollt ihr einen kleinen Jungen dazu überreden, einen wild gewordenen Bären zu umarmen?"

„Na, Icy wird ihn für uns im Zaum halten", erklärte Fred verunsichert und setzte die Maus in der Chipsschüssel ab.

Oda hängte sich ihr Handtuch um die Schultern und warf einen unruhigen Blick auf die Kuckucksuhr. „Los", forderte sie Hubsi auf. „Fangen Sie schon an! Es ist beinahe Mittag und wir haben noch einiges vor."

„Immer mit der Ruhe! Ich muss mich konzentrieren." Hubsi steckte die Hände in die Tasche seines Sweatshirts und knödelte nervös darin herum. Er beugte sich über den Yeti und atmete schwer. Sein Adamsapfel hüpfte auf einmal wie wild auf und ab.

Fasziniert beobachtete Nemo zum zweiten Mal, wie der Wettermann ein Spielzeug zum Leben

erweckte. Doch diesmal würde es in keinem Päckchen verschwinden und vor sich hin schlummern, bis Nemo es wieder befreite. Diesmal würde der Yeti sofort lebendig werden! Nemos Herz wummerte vor Aufregung, als ihn plötzlich ein lang gezogener Schluchzer aus seinen Gedanken riss. Entsetzt lauschte er dem grauenvollen Geräusch, das aus Hubsis Kehle kroch und endlos zu dauern schien. Nemo fragte sich schon, wann der Moderator endlich zu lachen begann, als ihm auffiel, dass das Wehklagen längst nicht mehr traurig klang. Ein merkwürdiges Gelächter erfüllte den Raum.
Nemo gruselte es. Er fühlte sich an das Gegacker erinnert, dass der Moderator beim Verpacken von Arkas an den Tag gelegt hatte. Es klang gleichzeitig angespannt und befreit, heiter und unendlich traurig. Die Augen des Wettermannes füllten sich mit einer dunklen Flüssigkeit. Pechschwarze Tränen lösten sich und kullerten ihm über die Wangen. Eine davon rann ihm über das Kinn und

tropfte auf den Yeti-Bauch. Ein tiefschwarzer Klecks breitete sich auf der Brust des Kuscheltiers aus und erneuerte den Fleck, der schon fast verblasst war. Fred reichte Hubsi ein Taschentuch.

Schniefend putzte sich der Mann die Nase ab und wischte sich die Tränen weg. Seine Augen sahen aus, als wäre ihm Wimperntusche verlaufen. Nemo fühlte sich an seine Mutter erinnert, wenn sie *Grenzenlose Liebe* guckte.

„Und jetzt?", fragte der Wettermann.

„Jetzt hoffen wir, dass Icy erwacht", erklärte Oda.

Gespannt starrten sie auf den Couchtisch und warteten darauf, dass etwas passierte.

„Oh mein Gott, ich bin so aufgeregt!" Oda wurde ganz hibbelig. „Icy war mein absolutes Lieblingsmonster."

„Also, ich mochte Draga am liebsten." Nemo sah Fred an. „Und du? Lass mich raten: Magic, das pupsende Einhorn."

„Nein", widersprach Fred. „Vampiranja."

„Schon klar." Nemo kicherte albern.

Oda warf ihm einen mahnenden Blick zu.
„Aber eigentlich fand ich alle cool“, sagte Nemo und fragte sich, ob Hubsi nun keine Päckchen mehr schicken würde. Wehmütig dachte er daran zurück, wie er Icy zum ersten Mal begegnet war: Heulend war das Zottelmonster durch den Garten gestapft und hatte seinen Speer hinter sich hergezogen. Kurz darauf war Icy im Wohnzimmer aufgetaucht und hatte sich vorgestellt – *das samtig weiche Schmusetier aus flauschigem Fleece. Der Yeti-Ritter mit der formschönen Spielzeuglanze aus Naturholz und dem aufklappbaren Kiefer zum Zuschnappen.* Nemo konnte das Sprüchlein noch auswendig. Quicklebendig war Icy damals im Wohnzimmer herumgesprungen – aber diesmal tat sich rein gar nichts. Enttäuscht sah Nemo zu dem Kuscheltier, das leblos vor ihnen auf dem Tisch lag.
„Vielleicht sollten wir es mit Mund-zu-Mund-Beatmung versuchen?“, sagte Fred, wirkte aber nicht so, als ob er sich freiwillig melden würde.

Oda pikste Icy mit dem Finger in den Bauch. „Ich glaube, er ist einfach noch zu kalt."
„Legen wir ihn auf die Heizung", schlug Hubsi vor.
„Ich weiß was Besseres." Nemo rannte ins Bad und kam mit dem Föhn zurück. Er stöpselte das Gerät ein, holte die Maus aus der Schüssel und ließ sie ausnahmsweise den Knopf drücken. Anschließend föhnte er dem Yeti den Bauch. Es dauerte nicht lange und die steif gefrorenen Zotteln verwandelten sich in flauschiges Fell.
„Uäh!" Fred hielt sich die Nase zu. „Ich hatte ganz vergessen, wie er müffelt."
„Bestialisch", bestätigte Hubsi. „Irgendwie nach Heftpflaster und nassem Hund."
„Seid nicht so gemein!" Oda nahm Icy in Schutz. „Da ist auch ein Hauch Vanille drin."
Nemo legte den Föhn beiseite und kitzelte Icy an der Fußsohle, auf der *Made in China* stand. Da plötzlich zuckte der große Zeh und der Yeti begann, heftig zu kichern.

„Holla, die Waldfee!" Hubsi fiel die Kinnlade herunter.
„Es funktioniert!", rief Nemo begeistert.
„Oh, wie süß!" Oda kraulte den Yeti am Bauch. Icy rekelte sich und begann, wohlig zu grunzen. Er leckte sich die Lippen und schmatzte leise. Oda wandte sich zu Nemo um. „Hast du noch Salami-Pizza da?"
„Lasami!" Wie aufs Stichwort schlug der Yeti die Augen auf und sprang auf seine kurzen Stummelbeinchen. Als er sie sah, hüpfte er vor Freude auf und ab. „Nemo! Oda! Fred! Meine verlibts Freunds! Wo habts so lang verwest?"
„Icy!" Nemo nahm das kleine Zottelmonster in den Arm.
„Meine Fresse!" Ungläubig fasste Hubsi den Yeti am Zeh.
„He! Lassts Käsefuß los!" Icy wirbelte herum und pikste ihm mit seinem Minispeer in den Finger.
„Autsch!" Der Wettermann quiekte empört. Icy ließ einen markerschütternden Schrei los.

„Uaaaaaaaaarrr! Machst weg! Machst futsch!", fauchte er Hubsi an und biss ihm mit seinem kräftigen Kiefer in den Arm. KLACK!

„He!" Nemo versuchte, ihn zu beruhigen.

„Er hat Angst vor Ihnen", erklärte Fred. „Kein Wunder, oder? Schließlich haben Sie ihn mal geklaut."

Der Yeti nickte eifrig. „Icy magst nix bose Mann."

„Tut mir leid." Hubsi lutschte an seinem verletzten Finger. „Ich will damit aufhören, versprochen."

„Gottsendank." Das kleine Schneemonster sprang auf den Couchtisch und beugte sich in die Chipsschüssel. „Icy Ice-Monsta glosas Hunkaaa."

Nemo zog ihn wieder heraus. „Du bekommst eine Pizza. Ganz für dich allein. Aber zuerst musst du Arkas besiegen."

Icy guckte empört. „Arkas, altes Freund!"

Alter Freund? Oh nein! Nemo erinnerte sich, wie sie Icy davon überzeugt hatten, dass Arkas und er

sich nicht hassen mussten, nur weil es so in ihrer Spielanleitung stand. „Na gut", lenkte er ein. „Du musst ihn nicht besiegen, aber wenigstens bändigen, damit Korbinian ihn umarmen kann."
„Pippitopfi!" Icy sah sich angriffslustig im Zimmer um. „Wo steckst alte Bosewicht?"
„Im Boringer Forst!", antwortete Oda.
„Prima, dann lasst uns aufbrechen!" Fred pfriemelte sich die nassen Socken wieder über die Füße.
„Moment!" Hubsi hielt sie auf. „Sollten wir nicht auch Korbinian mitnehmen? Und wer verwandelt Icy zurück?"
„Spatz!" Icy ließ seine Schultern hängen und seufzte tief. „Weil heim! Habst Leon ganz lieb."
„Upsi." Oda sah ihre Freunde besorgt an. „Das haben wir gar nicht bedacht. Wir brauchen die beiden Jungs."
Nemo schlug vor: „Machen wir es einfach wie die Bürgerwehr."
„Du willst sie mit Honig anlocken?", fragte Fred.

„Nein! Wir teilen uns auf. Einer holt Korbinian, einer Leon und einer geht mit Icy in den Wald, um Arkas zu suchen.“

„Dufte Idee!“ Fred steckte die Maus zurück in den Brustbeutel. „Ich hole Leon ab. Er wohnt in der Nähe des Kinos. Dann kann ich gleich die Nofties abgeben.“

„Und ich Korbinian“, sagte Oda. „Bernadette kann mich sicher nach Dickstein fahren. Dann geht es schneller.“

„Oh-kay“, sagte Nemo gedehnt. „Dann sind die Aufgaben wohl verteilt.“ Er brachte seine Freunde zur Tür. „Kennt ihr die Höhle hinter dem Kletterpark?“, fragte er. „Dort treffen wir uns.“

„Tippitoppi.“ Oda und Fred rannten los.

„Und beeilt euch!“, rief Nemo, denn plötzlich wurde ihm klar, dass sie noch etwas nicht bedacht hatten. Besorgt sah er in den Himmel, wo dicke graue Wolken vorüberrasten wie Schafe auf der Flucht vor dem Wolf. „Gleich fängt es an zu schneien!“

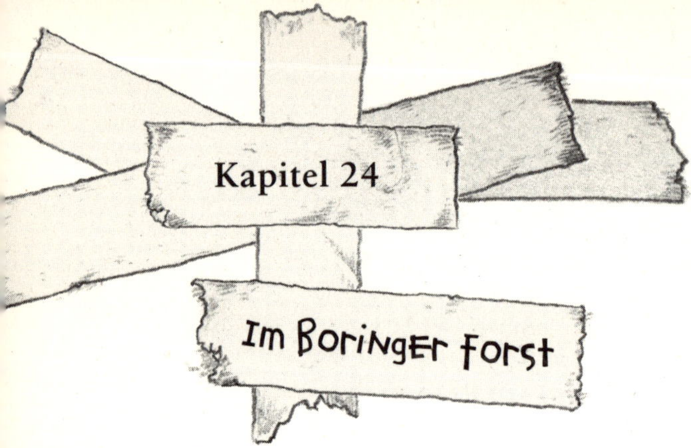

Nemo war heilfroh, dass er wenigstens Icy und Hubsi an seiner Seite hatte. Verzweifelt suchte er in der Garderobe nach etwas Warmem zum Anziehen. Natürlich waren seine eigenen Jacken viel zu klein für den muskulösen Moderator, der Anorak seines Vaters allerdings viel zu groß. Schließlich entschied er sich für den Daunenmantel seiner Mutter. „Hier! Damit sollten Sie gut durch den Schneesturm kommen.“
Er reichte Hubsi den Mantel, eine Skibrille und eine warme Mütze. Stirnrunzelnd betrachtete er den Wettermann im Spiegel über der Kommode.

Hubsi sah etwas blass aus und nicht besonders frisch. Kein Wunder, seit Samstag hatte er kein Bad mehr von innen gesehen.
„Vielleicht sollte ich erst duschen?“, fragte Hubsi, als ob er Nemos Gedanken erraten hätte.
Nemo hatte ein Déjà-vu. „Duschen können Sie auch später. Besser, wir beeilen uns, bevor die Bürgerwehr schneller ist.“
„Und was ist mit ihm?“ Hubsi deutete auf Icy, der Nemo mittlerweile bis zu den Knien ging.
„Er kann auch nicht duschen.“
„Das meine ich nicht. Aber ist er nicht ein bisschen klein, um gegen Arkas zu kämpfen?“
„Icy mutiga Kampfa!“, rief der Yeti empört und fuchtelte mit seinem Speer herum, der leider nicht mitwuchs. Schon jetzt wirkte die schwarz-weiß gestreifte Spielzeuglanze in seinen Pfoten eher wie ein Essstäbchen als wie eine gefährliche Waffe.
Nemo überlegte, wie lange es das letzte Mal gedauert hatte, bis Icy seine endgültige Statur erreicht hatte. Vor wenigen Monaten war er

immerhin bis auf die stattliche Größe eines Basketballspielers herangewachsen. Im Moment sah er allerdings eher aus wie ein ungarischer Hirtenhund, der mehr kläffte als zubiss. Nicht besonders furchteinflößend, musste Nemo zugeben.
„Er wächst noch“, beschwichtigte er Hubsi. „Außerdem können wir ihn so leichter transportieren.“ Trotzdem holte er sicherheitshalber noch zwei Eishockeyschläger und das Tornetz aus dem Keller. „Falls wir Icy unter die Arme greifen müssen.“
„Nix da!“ Argwöhnisch presste Icy seine Arme eng an den Körper. „Icy kitzligst.“
Lachend hob Hubsi das kreischende Fellbündel hoch und stopfte es sich unter den Mantel. Nemo schlüpfte in seine Steppjacke und zog seine Skihandschuhe und die Wollmütze an, auf der immer noch die Bonbons klebten, die beim Besuch der winzigen Maipupus vom Himmel geprasselt waren.

Gemeinsam verließen sie das Haus und kämpften sich bis zum Marktplatz durch. Die Geschäfte waren fast ausnahmslos verrammelt, einzig der Laden seiner Eltern hatte noch auf. Die großen Fenster des Supermarkts und die gelbe Leuchtschrift über der Tür strahlten warm durch das dichte Schneegestöber.

Erst im Boringer Forst kam Nemo das Unwetter ein wenig schwächer vor, bis er bemerkte, dass es nur eine Etage höher stattfand. Die Baumwipfel der Nadelbäume rauschten im Wind und schickten Tannenzapfen zu ihnen herunter.

An einer Kiefer entdeckte Nemo ein Schraubglas, das mit Kabelbindern kopfüber am Stamm befestigt worden war. In den Deckel hatte jemand ein Loch gebohrt, aus dem zähflüssig Honig tropfte. Etwas höher fiel Nemo eine Wildkamera auf, als plötzlich eine Frau hinter dem Baumstamm hervortrat. Mit ihren flatternden Kleidern und den fliegenden Zöpfen kam sie Nemo vor wie eine mystische Waldfee. An ihrem

Ellenbogen schaukelte ein Körbchen, in dem ein paar Pilze lagen.

„Nemo!“, rief Frau Fasching überrascht. „Was machst du denn hier draußen?“

„Äh … wir gehen Eishockey spielen.“ Nemo hob die beiden Schläger hoch. Leider fiel ihm keine bessere Ausrede ein.

„Im Wald?“ Seine Biolehrerin sah ihn verdutzt an. „Und sind Sie nicht …?“ Frau Fasching deutete mit ihrem Pilzmesser auf Hubsi.

„Hoho!“ Hubsi hob abwehrend die Hände. „Nehmen Sie erst mal die Waffe runter, schöne Frau! Darf ich mich vorstellen: Hubsi Hubert mein Name. Sportlichster Wettermann unter der …“

„Sonne, ich weiß“, unterbrach ihn Frau Fasching. „Sie haben etwas zugelegt, seit ich Sie das letzte Mal auf TV Kabeljau gesehen habe. Steht Ihnen!“ Schelmisch zwinkerte sie ihm zu.

Fassungslos sah Nemo zwischen den beiden hin und her. Flirteten sie etwa, während es um sie

herum stürmte? Und schneite. Und ein Bär frei herumlief!
Der Yeti unter Hubsis Daunenmantel knurrte.
„Sind Sie hungrig?“ Frau Fasching gluckste belustigt. „Ich würde Sie ja zu einem Pilzsüppchen einladen, aber ich gehe lieber nach Hause. Es ist einfach zu stürmisch.“
„Allerdings!“, kam es plötzlich von oben herab. „Sind Sie eigentlich lebensmüde?“ Herr Ölmez kam die Kiefer heruntergeklettert und hängte sich an den untersten Ast wie ein Faultier. „Sehen Sie zu, dass Sie weiterkommen!“, forderte er das Grüppchen auf. „Sie stehen direkt vor einer Honigfalle. Wir machen hier Jagd auf einen Bären.“
„Schon gut!“ Eilig verabschiedete sich Nemo und zog Hubsi weiter, bis sie die Höhle hinter dem Kletterpark erreicht hatten. Aus dem dunklen Felsenloch blies ihnen ein eisiger Wind entgegen. Fröstelnd krochen sie so weit hinein, bis es ein wenig wärmer und windstiller wurde.

Hubsi öffnete seinen Daunenmantel und ließ den Yeti hinauspurzeln. Sofort schmiegte sich Icy an Nemo. Eng aneinandergekuschelt behielten sie den Höhleneingang im Auge, an dem der Schneesturm in immer dichteren Flocken vorübertrieb.

„Was da draußen Interessantes zu guckst?“, erkundigte sich Icy.

„Wir warten auf Arkas“, erklärte Nemo und schnupperte. Er fragte sich, ob Icys seltsamer Duft den Bärenkrieger auch wirklich anlocken würde. Aber seine Frage erübrigte sich. Denn hinter ihnen erklang plötzlich ein heftiges Scharren und Schnaufen. Und Nemo wurde klar: Arkas war längst da!

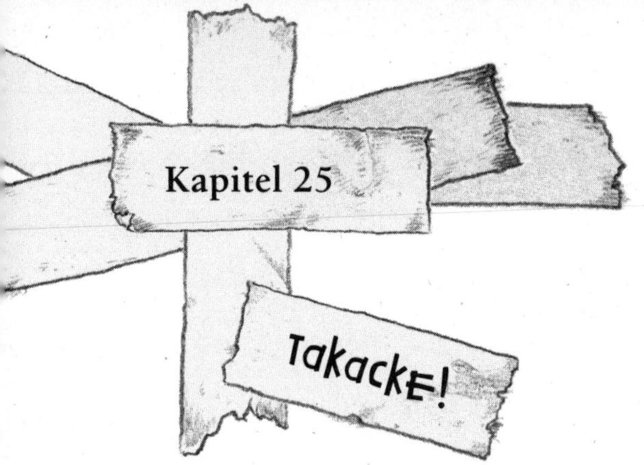

Wie gelähmt starrten sie auf das Unwesen, dessen massige Umrisse immer deutlicher aus dem Dunkel hervortraten, je mehr sich ihre Augen daran gewöhnt hatten. Jetzt konnten sie auch das Gesicht des Bärenkriegers erkennen – die Fresse mit dem fiesen Grinsen, das Nemo schon im Spielwarenladen so unangenehm aufgefallen war.

„Oh. Mein. Gott!“, stammelte Hubsi beschämt. „Wenn ich das gewusst hätte, hätte ich doch niemals ...“

„Für Reue ist es jetzt zu spät!“, rief Nemo. „Wir müssen ihn bändigen, damit Korbinian ihn umarmen kann." Entschlossen griff er seinen Eishockeyschläger und reichte Hubsi den zweiten – als ihm auffiel, dass Arkas eigentlich recht friedlich wirkte. Regungslos kauerte der Bär vor dem kleinen Spielzeug-Yeti, den er Korbinian abgenommen hatte, und sabberte auf das Plüschtier. Fast sah es so aus, als würde der Bärenkrieger Winterschlaf halten.

Nemos Schultern entspannten sich kurz, als die Augen des Bärenkriegers plötzlich aufflammten wie zwei glühende Kohlen. Sein schwerer Körper erhob sich und tapste schwankend auf sie zu. Arkas öffnete sein Maul und schickte ihnen ein unheimliches Brüllen entgegen, das Nemo und Hubsi die Mützen vom Kopf blies. Nemo erschauerte. Der Atem des Bärenkriegers roch würzig, nach Harz und Spucke, nach Rasierwasser und schwarzem Lakritz.

„Uaaarrr!" Icy sprang auf seine Stummelbeinchen und schickte ein weit weniger gefährliches Brüllen zurück. Er schulterte seinen Speer und stellte sich

schützend vor Nemo und Hubsi. „Auf in des Kampf!"
„Warte!" Nemo hielt ihn zurück. „Du bist noch zu klein und wirst dich verletzen."
Doch Icy war nicht zu stoppen.
„Takacke!" Todesmutig stapfte er auf den riesigen Bärenkrieger zu, der wütend nach ihm patschte. Mit einem metallischen Ton zerschnitten Arkas' Krallen die eiskalte Luft.
Zing! … Zing!
Icy duckte sich und tauchte geschickt unter den herumwirbelnden Pranken hindurch. Er klammerte sich an ein Bein des Bärenkriegers und biss Arkas mit kräftigem Kiefer in den pelzigen Hintern.
Arkas jaulte laut auf.
Nemo und Hubsi hoben ihre Eishockeyschläger – um sich mit in den ungleichen Kampf zu stürzen.
„Takacke!"
„Wartet!" Diesmal hielt *sie* jemand auf.
Nemo wirbelte herum. Oda und Korbinian

standen hinter ihnen. Wie lange schon? Nemo erinnerte sich an das, was Oda vor Korbinians Haus gesagt hatte. Wollte Arkas womöglich nur ...?

Oda sprach seine Gedanken laut aus: „Arkas will doch nichts Böses! Er will Korbinian umarmen. Sicher ist er sauer, weil Icy sich zwischen sie stellt. Na los, geh aus dem Weg!“

Auffordernd wedelte sie Icy zur Seite, als Arkas das kleine Zottelmonster auch schon erwischte. Mit einem einzigen Prankenhieb fegte er den Yeti beiseite wie eine lästige Fliege. In hohem Bogen flog Icy durch die Luft, prallte unsanft gegen die Felswand und blieb auf dem Höhlenboden liegen.

„Icy!“ Eine helle Stimme quiekte bestürzt auf.

„Ach, du heiliger Bimbam!“, schrie Fred, der in dem Moment mit Leon die Höhle betrat. Erschrocken starrten sie auf das verletzte Kuscheltier. Eine Kralle hatte Icy an der Seite erwischt. Aus einem Riss quoll weiße Watte hervor.

Nemo packte eine unbändige Wut. Am liebsten hätte er sich sofort auf den Bärenkrieger gestürzt, aber er war sich auf einmal nicht mehr sicher, ob das eine gute Idee war.
„Seht mal!“ Hubsi jubelte. „Icy hat Arkas auch verletzt!“ Er deutete auf einen roten Fleck auf Arkas’ Rücken.
Jetzt sah Nemo es auch. War das Blut? Oder nein! Er seufzte enttäuscht: „Das ist nur der Knopf, den Herr Siebzehnrübel uns im Laden gezeigt hat. Die Taste, mit der man Arkas’ Krallen ausfahren kann.“
Ja, so musste es sein! Denn Arkas war kein bisschen geschwächt. Wie Oda vermutet hatte, verlor der Bärenkrieger das Interesse an seinem Gegenspieler, sobald die Bahn frei war. Schnaubend stapfte er auf Korbinian zu und breitete seine Arme aus.
„Na los. Umarm ihn!“ Oda schob Herrn Kriegelsteins Neffen ein kleines Stück vor.
„Spinnst du?“ Korbinian zeigte ihr einen Vogel.

„Du hast gesagt, ihr habt mein Spielzeug gefunden. Aber das ist ja ein echter Bär!" Ängstlich verbarg er sich hinter Nemos Rücken, als Arkas auch schon bei ihnen war.
Nemos Herz setzte kurz aus.
Kreischend flüchtete Korbinian zu Hubsi, dessen trapezförmiger Oberkörper mehr Schutz bot.
Enttäuscht fuhr der Bärenkrieger herum. Er änderte seine Richtung und stapfte nun auf den Wettermann zu.
„Das ist die Idee!", rief Oda. „Wir spielen Tratzball."
„Hä?" Nemo und Fred sahen sie verständnislos an.
„Na, Neckball", erklärte Oda. „Schweinchen in der Mitte. So können wir ihn müde machen."
Auffordernd winkte sie Korbinian zu. „Jetzt komm zu mir!"
Korbinian zögerte kurz, nicht sicher, ob es wirklich eine gute Idee war, den breiten Rücken des Wettermannes zu verlassen. Als aber Arkas erneut

auf ihn zusteuerte, folgte er Odas Aufforderung bereitwillig.
Nemo verstand, was sie vorhatte. „Jetzt zu mir!“, rief er Herrn Kriegelsteins Neffen zu.
„Dann zu mir!“, forderte Fred Korbinian auf.
Eilig huschte der Junge von Rücken zu Rücken, während sich der Bärenkrieger jaulend im Kreis drehte. Beinahe tat er Nemo sogar leid, bis Arkas erneut ein so schauerliches Gebrüll erklingen ließ, dass ihnen allen eine Gänsehaut über den Rücken lief. „Das macht ihn nicht müde, sondern nur wütend“, warnte Nemo. „Krallen hin oder her – irgendwann muss Korbinian ihn in die Arme schließen!“
Hilfe suchend sahen sie zu Icy, dem Leon in der Zwischenzeit aufgeholfen hatte. Stöhnend humpelte der Yeti mit erhobenem Minispeer auf seinen Gegenspieler zu. Immer noch ging er dem Bärenkrieger nicht weiter als bis zur Hüfte.
„Icy wird uns auch nicht helfen“, rief Nemo. „Er ist verletzt und zu klein.“

„Apropos klein …“ Fred schmunzelte verschmitzt. „Ich weiß, wer uns helfen kann.“ Er öffnete seinen Brustbeutel.
„Die Maus!?“, rief Oda. „Die ist ja noch viel kleiner.“
„Abwarten!“ Grinsend fischte Fred das winzige Fellknäuel hervor. Er ging in die Knie und setzte es auf dem Erdboden ab. Korbinian verlor die Deckung. Arkas grunzte erfreut und stapfte auf den Jungen zu, während die Maus orientierungslos hin und her wuselte. Mal schnüffelte sie hier, mal dort und wirkte nicht so, als ob sie verstand, auf welcher Mission sie war – genauso wenig wie Nemo.
„Was hast du vor?“, schrie er seinen Freund an und beobachtete starr vor Entsetzen, wie sich der Bärenkrieger vor Herrn Kriegelsteins Neffen aufbaute. Schon hob Arkas die Klauen und drohte, sie auf den Jungen herabsausen zu lassen, als die Maus plötzlich einen Satz machte und in Arkas' dichtem Pelz verschwand.

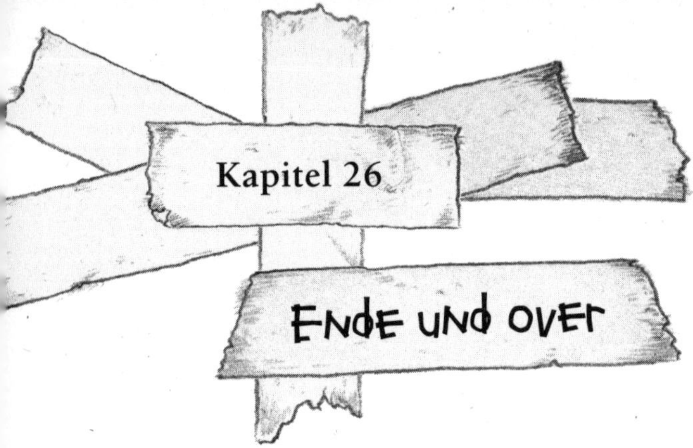

Zing!

Arkas grunzte überrascht. Mit einem metallischen Geräusch zogen sich seine Krallen in die Pranken zurück. Weich wie Teddybär-Tatzen fielen seine Pfoten auf Korbinians Schultern. Das fiese Grinsen des Bärenkriegers verwandelte sich in ein seliges Lächeln, als er den Jungen umarmte.

Nun huschte auch über Korbinians Gesicht ein Feuerwerk der Gefühle. Erst sah er erschrocken aus, dann überrascht, schließlich erleichtert und unendlich glücklich. Mit einem tiefen Seufzer sank er in das weiche Fell seines Spielzeugs.

Fast zeitgleich hörten sie draußen den Wind anschwellen. Das typische letzte Aufbäumen. Immer wütender tobte der Sturm um den Höhleneingang, der wie ein Flaschenhals wirkte und einen hohen, summenden Ton erzeugte. Während der Bärenkrieger vor ihren Augen zu einem Spielzeug zurückschrumpfte, zerriss ein Krachen den Himmel über dem Wald.
Erschrocken zuckten sie zusammen. Vor der Höhle begann es zu gewittern. Es donnerte und blitzte. Es heulte und jaulte. Dann auf einmal wurde es leiser.
Nemo sah Korbinian an, in dessen Händen nur noch eine Spielzeugfigur lag. Arkas, der Bärenkrieger – der per Knopfdruck seine Krallen ausfahren konnte.
Nemo schlug Fred lobend auf die Schulter. „Das war echt 'ne coole Idee mit dem Knopf!"
Fred grinste stolz. „Zum Glück hat's geklappt! So ganz sicher war ich mir nämlich nicht."
„Wieso?" Oda kicherte. „Bis jetzt hat die Maus

doch noch jeden Schalter umgelegt." Suchend sah sie sich nach ihr um und entdeckte sie zwischen Korbinians Beinen, wo sie auf ihren Hinterpfötchen saß und zu ihnen herüberblickte. Fast schien es so, als ob die Maus auf sie wartete. Doch als Fred auf sie zuging, um sie zurück in seinen Brustbeutel zu stecken, drehte sie sich hastig um und verschwand in einem Mauseloch.

Oda seufzte wehmütig, während sich der Sturm draußen endgültig legte. Nur noch leiser Schneefall verhüllte den Höhleneingang wie ein dichter Vorhang.

„Es ist vorbei", wisperte Hubsi. „Seid ihr okay?"

Die Kinder nickten.

„Nix okee", wimmerte ein Stimmchen. „Arkas Icy putt machst!"

Vorwurfsvoll deutete er auf den Riss an seiner Flanke.

„Keine Sorge", sagte Fred. „Das näht meine Oma wieder, versprochen." Zärtlich legte er Icy eine Hand auf den Bauch.

Oda streichelte dem Zottelmonster über das Fell.
„Icy!“ Leon lief auf sein Kuscheltier zu.
„Spatz.“ Der Yeti breitete seine Arme aus.
„Wartet!“ Nemo versuchte, sie aufzuhalten. „Wir haben ihm noch eine Pizza versprochen.“ Doch die beiden lagen sich bereits in den Armen. Fast sofort begann Icy zu schrumpfen. Kurz war er noch lebendig genug, um sich zu verabschieden.
„Tschüss, Icy!“ Nemo drückte ihn innig. „Es war so schön, dass du noch mal da warst.“
Der Yeti lächelte selig. „Habst euch alle ganz doll lieb.“
Fred tröstete sie: „Wir haben ja jetzt Hubsi. Mit seiner Hilfe können wir Icy jederzeit wieder lebendig machen.“
Traurig sahen sie auf den Yeti, der immer kleiner und kleiner wurde. Kurz darauf war auch das Ice-Monsta nur noch ein Spielzeug.
Eilig sah Nemo zur Seite, um sich heimlich ein Tränchen aus dem Augenwinkel zu wischen.
Schniefend zog er die Nase hoch und sah in das

Schneegestöber vor dem Höhleneingang, das kurz an Fahrt aufnahm und dann ebenfalls nachließ – als im Gegenlicht plötzlich eine pelzige Silhouette auftauchte.

Nemo stutzte.

Was war das? Arkas war doch längst zum Spielzeug geschrumpft. Kam da etwa ein echter Bär? Erschrocken sah er seine Freunde an. Da flammte ein Lichtstrahl auf und fiel zu ihnen herein. Suchend tastete der Strahl die Felswände ab. Kellerasseln und Tausendfüßler verschwanden aufgeschreckt in den Ritzen. Ein Knacken ertönte, gefolgt von einem Rauschen und einem unangenehm hohen Fiepton. Dann vernahmen sie eine herrische Stimme: „Hier Spargel an alle! Habe Spuren entdeckt! Höhle hinter dem Kletterpark. Sofort anrücken! Ende und over.“

Kapitel 27

Nicht alle Tassen im Schrank

„Lasst uns lieber gehen“, wisperte Hubsi, „bevor die Spargel noch das Kommando zur Stürmung gibt.“

Die Freunde nickten.

Gemeinsam liefen sie der Direktorin entgegen. Je näher sie dem Höhlenausgang kamen, umso lauter hörten sie das Vogelgezwitscher, das wieder eingesetzt hatte, kaum dass sich der Schneesturm gelegt hatte. Aufgeregt piepsten die Vögel durcheinander, als unterhielten sie sich über den eben erlebten Sturm.

„Ha-llo?“, rief die Direktorin, als sie sah, dass ihr

etwas aus der Höhle entgegenkam. Ihre Stimme klang längst nicht mehr so herrisch wie vorhin – eher unsicher und ängstlich. „Ist da wer?“, fragte sie mit dünner Stimme und machte sofort kehrt, als sie im Dunkeln eine Bewegung wahrnahm. Kreischend floh sie aus der Höhle.

Hubsi und die Kinder kamen ihr hinterher.

Nemo blinzelte, als er ans Tageslicht trat.

Dann musste er kichern.

Die Bürgerwehr war tatsächlich gekommen, nachdem Frau Dr. Spargel sie mit dem Funkgerät herbeigerufen hatte. Überrascht vom plötzlich aufkommenden Eissturm hatten sich die vier Männer an Bäume geklammert. Wie Koalas hingen sie an den Stämmen und lauschten der Direktorin, die vor ihnen stand und mit ausholender Geste krakeelte: „Der Bär ist da drin! Und er hat mindestens zwei Kinder in seiner Gewalt.“

„Bär?“ Nemo deutete auf die Spielzeugfigur in Korbinians Arm. „Meinen Sie den?“

„Äh …“ Frau Dr. Spargel drehte sich zu ihnen herum. „Wo ist er?“, stammelte sie verdutzt und leuchtete mit ihrer Taschenlampe in die Höhle. „Waren Sie etwa da drin?“, wollte sie von Hubsi wissen.
Der Wettermann nickte. „Wir haben uns vor dem Sturm in Sicherheit gebracht. Aber von einem Bären haben wir nichts gesehen.“
Frau Dr. Spargel wandte sich an Korbinian: „Aber deine Mutter hat doch …“
„… angerufen und gesagt, dass ich meinen Spielzeug-Bären verloren habe“, beendete Korbinian ihren Satz.
Herr Kriegelstein atmete auf: „Hast du das Ding endlich wieder!“
Die vier Herren ließen die Baumstämme los. Dr. Löcherl, Herr Ölmez, Freds Vater und Herr Kriegelstein sahen die Direktorin vorwurfsvoll an. Auch wenn sie nichts sagten, konnte man ihre Gedanken gut lesen: Dann gibt es gar keinen Bären?, schienen sie sich zu fragen. Was soll der

ganze Aufstand? Alles nur wegen eines Kuscheltiers? Hatte die Direktorin nicht alle Tassen im Schrank?

Selbst als sie längst wieder zu Hause waren, lachte Nemo noch immer über den Gesichtsausdruck der Direktorin.
„Wie blöd die Spargel geguckt hat, als sie Arkas gesehen hat!“ Kichernd klebte er dem Yeti zwei Pflaster auf den Bauch und gab Leon sein Kuscheltier zurück. „Hier. Nachher muss er aber noch mal in die Klinik, um von Freds Großmutter genäht zu werden.“
Leon nickte dankbar und spielte mit Korbinian weiter, der neben ihm auf dem Fußboden saß.
„Zwoosch!“ Herrn Kriegelsteins Neffe kämpfte mit seinem Bärenkrieger gegen den Yeti, nahm aber Rücksicht auf Icys geschwächten Zustand. Oda fand, dass Korbinian längst nicht mehr so aggressiv wirkte wie sonst. „Wo ist eigentlich Arkas’ zweites Nietenarmband?“, erkundigte sie

sich. Und Hubsi gestand: „Das hab ich mir für meine Trophäensammlung gemopst."
„Der Gugelhupf ist fertig!" Fred zog sich die dicken Backhandschuhe an und holte den Kuchen aus dem Ofen.
Eilig steckte Korbinian Arkas in die zerfetzte Kiste zurück, die Nemo aus dem Wohnzimmerschrank holte. Erwartungsvoll setzten sie sich an den Tisch.
Fred kam mit dem dampfenden Kuchen hinter der Küchentheke hervor und stellte ihn auf einem Untersetzer ab. „Er muss aber noch ein wenig auskühlen", mahnte er und räumte solange die Küche auf.
„Wir können ja in Zukunft öfter zusammen backen", schlug er vor und warf ein paar Eierschalen in den Biomüll. „Jetzt, wo keine Päckchen mehr ankommen."
„Ist das so?" Misstrauisch sah Oda zu Hubsi.
„Wie konnten Sie eigentlich schwarze Tränen weinen, wenn Sie niemanden beklaut haben?"

Der Wettermann räusperte sich und sah verlegen auf seinen Teller.
Nemos braune Augen blitzten hoffnungsvoll auf. „Haben Sie etwa schon wieder ein Kuscheltier geklaut?"
„Kann nicht sein!" Energisch klappte Fred die Spülmaschine zu und kam zu ihnen an den Tisch. „Wir waren doch die ganze Zeit zusammen." Er schenkte allen Kakao ein und bedauerte, dass er seinen Pokal nicht dabeihatte. Vor lauter Aufregung war er ihm ganz aus dem Sinn gekommen. „Ich bin mir sicher, das war das letzte Paket", sagte er und deutete auf die zerkratzte Kiste vor Korbinian. Dabei warf er Hubsi einen warnenden Blick zu. Nicht, dass der Wettermann noch auf blöde Ideen kam!
„Irgendwie aber auch schade, oder?"
Nemo verteilte den warmen Kuchen und bedachte Hubsi mit einem besonders großen Stück. Wie krass, dass er jetzt mit dem Wettermann befreundet war, mit seinem großen Idol!

Nemo setzte sich wieder und hoffte insgeheim, dass Oda recht behielt.
Ein neues Päckchen? Das wäre schon cool.
Fröhlich mampfend sah er in die Runde und dachte: Ich jedenfalls bin bereit!

Ende
oder?

Vor langer Zeit ...

„Hier packst du alles rein, was dir wichtig ist“, hatte Ludwigs Mutter gesagt und ihm das blaue Pappköfferchen in die Hand gedrückt. Das mit den vielen Aufklebern. Ludwig hatte sofort gewusst, was er einpacken wollte. Nur eines war wichtig: Kasimir Knautschowski Käsebauch, sein bester Freund. Mit ihm konnte Ludwig rein gar nichts passieren, egal wo es hinging. Und diesmal fuhren sie nicht nur in den Urlaub an die Ostsee, sondern viel, viel weiter. Für immer von zu Hause fort. Die weichen Pfoten seines Freundes würden ihn trösten.

Ludwig nahm sein kariertes Kuscheltier

vom Kopfkissen. Vorsichtig bettete er es in den Koffer und ließ die Schnallen zuschnappen.

Jahre später …

Der Dieb plumpste auf Nemos Sofa und griff in die Chipsschüssel. Während die Kinder ihm ihren verwegenen Yeti-Plan erläuterten, ließ er sich zurück in die Polster fallen und legte die Arme unauffällig auf der Rückenlehne ab. Ohne hinzugucken, reckte er sich nach dem sackartigen Stofftier, das dort hockte. Schon beim Hereinkommen war es ihm aufgefallen. Mit den Fingerspitzen bekam er einen ausgelutschten Fuß zu fassen.

Heimlich zog er das Kuscheltier zu sich heran und sah den Kindern dabei prüfend ins Gesicht. Aber keines schien sein Manöver zu bemerken. Der blonde Junge streichelte weiter die Maus, dieser Nemo strubbelte seine nassen Haare trocken, Oda blickte zur Kuckucksuhr.

„Los“, forderte sie ihn auf. „Fangen Sie schon an! Es ist beinahe Mittag und wir haben noch einiges vor.“

„Immer mit der Ruhe!“ In einer einzigen fließenden Bewegung nahm der Dieb die Arme von der Lehne. Er schob das Kuscheltier in seine Jackentasche und beugte sich vor.

Sofort durchströmte ihn das altbekannte Glücksgefühl. Kinder ließen sich so einfach täuschen! Er selbst war zwar schon fünfzehn gewesen, als die Direktorin ihn hereingelegt hatte, aber immer noch so verletzlich, so traurig, so allein. Angespannt knautschte er das weiche Stofftier in seiner Tasche, bis ein Schluchzer seine Kehle verließ. Kurz darauf erfüllte sein triumphierendes Gelächter das Wohnzimmer.

Gut gelaunt betrat der Spielzeugdieb am Abend sein Häuschen. Endlich wieder daheim, endlich wieder in einem richtigen Bett schlafen. Die Nächte auf der Isomatte waren doch recht hart gewesen. Die matschigen Ravioli hingen ihm zum Hals raus. Morgen würde er Apfelkuchen backen! Bei dem Gedanken lief ihm das Wasser im Mund zusammen. Aber zuerst musste er das geklaute Kuscheltier loswerden. Es an den ‚Arsch der Welt' schicken, bevor Nemo merkte, dass es verschwunden war.

Zum neunten Mal holte er eine Verpackung aus dem Keller, stopfte das Kuscheltier dort hinein und ließ sich von seinen Gefühlen überwältigen. Schwarze Tränen tränkten den Bauch des Stofftieres. Anschließend kritzelte er die Adresse auf das Paket:

AN NIEMAND!
WO DER PFEFFER WÄCHST
AM ARSCH DER WELT

Dies war der achte Band von „Bitte nicht öffnen“.

Hui, was für eine knappe Kiste mit Arkas und Icy. Noch so ein gefährliches Wesen können Nemo, Oda und Fred wirklich nicht gebrauchen. Gut, dass der Spielzeugdieb versprochen hat, Nemo keine Päckchen mehr zu schicken. Hat er doch … oder?

Oda hat da ihre Zweifel. Wie sonst konnte der Dieb Icy zum Leben erwecken? Und wo ist eigentlich Nemos altes Kuscheltier? Das saß doch immer auf dem Sofa im Wohnzimmer und nun ist es … verschwunden! Ist vielleicht doch ein neues Paket unterwegs?

Lies auch das nächste Abenteuer:

BITTE NICHT ÖFFNEN
KNAUTSCHIG!

Dieses Abenteuer erscheint im Sommer 2024.

Leseprobe

aus „Bitte nicht öffnen – Knautschig!“

Herr Silberrücken warf ein Arbeitsblatt an das Whiteboard. „Wiederholen wir“, forderte er mit schnarrender Stimme. „Achse, Spiegelung und Ableitung.“
„Lieber wären mir Action, Spaß und Abenteuer“, murmelte Nemo. Gelangweilt fummelte er an dem Päckchen herum, das er aus dem Postauto gezogen hatte. Vor Aufregung kribbelten ihm die Finger.
Oda mahnte: „Vorsicht, sonst geht es noch auf! Du weißt doch, wie leicht die Kruste Feuer fängt.“
Warnend zog sie Nemo am Ärmel.
„He!“ Nemos Hand rutschte ab und schrappte über die Kruste. Ein Knistern erklang, ein Funke stob auf und löste einen dünnen Rauchfaden aus.
„Oh nein!“ Oda erschrak. „Das wollte ich nicht.“

Hektisch patschte sie auf dem Päckchen herum, aber die schwarze Tränenkruste brannte bereits ab wie eine Zündschnur.

„Oh-oh.“ Fred legte den Füller beiseite und schob seinen Stuhl zurück. Entsetzt starrte er auf die qualmende Kiste.

PENG! Schon flog sie in die Luft.

Die Klasse zuckte zusammen.

Im gleichen Moment explodierte noch etwas anderes: Herr Silberrücken.

„Pinkowski!“, brüllte der Mathelehrer fassungslos. Er stürmte zum Fenster, riss beide Flügel auf und den Feuerlöscher von der Wand. Eine Weile hantierte er ungeschickt an dem knallroten Gerät herum, bis er endlich kapierte, wie es zu bedienen war. Er richtete den Schlauch auf Nemos Tisch und sprühte Schaum auf die brennende Verpackung. „Das hat Konsequenzen! Was glaubst du eigentl...“

Sein Wutanfall ging im lauten Fiepen des Brandmelders unter. Das kleine Kästchen an der Zimmerdecke hatte nun auch die Situation erfasst und piepste los wie eine wild gewordene Amsel, die das Nest ihrer Jungen verteidigte. Der Brandmelder löste den Alarm für das gesamte Schulgebäude aus, der wiederum automatisch die Feuerwehr verständigte.

In sämtlichen Klassenzimmern knackten die Lautsprecher. Frau Dr. Spargel sendete eine Durchsage aus dem Direktorat: *„Achtung, Achtung, dies ist keine Übung. Dies ist ein Feueralarm. Wir müssen alle zusammen die Schule verlassen. Versammelt euch auf dem Pausenhof. Bewahrt Ruhe, rennt nicht und schubst nicht."*

Wie auf Kommando sprangen alle auf und rannten schubsend aus dem Gebäude. Oda und Fred liefen hinterher.

Auf dem Schulhof trafen sie Frau Fasching. „Wo ist denn Nemo?", erkundigte sich die Biolehrerin besorgt. „Ihr seid doch sonst immer nur zu dritt unterwegs."

Verwundert drehten sich Oda und Fred um. Frau Fasching hatte recht. Nemo war ihnen nicht gefolgt.

Dieses Abenteuer erscheint im Sommer 2024.

Charlotte Habersack setzte sich mit sieben Jahren an die Schreibmaschine ihrer Mutter und fing an, ein Buch zu tippen. Seitdem hörte sie mit dem Schreiben nicht mehr auf. Heute verfasst sie vor allem Drehbücher und jede Menge wunderbarer Kinderbücher, zum Beispiel die verrückten Abenteuer von „Pippa Pepperkorn“. Über Päckchen freut sie sich immer. Egal, was drin ist.
www.charlotte-habersack.de

Fréderic Bertrand hat Illustration und Trickfilm in Bremen studiert. Heute lebt und zeichnet er in Berlin und lässt schnodderige Schneemonster, bissige Vampire und bleiche Skelette bei sich zur Untermiete wohnen.
In seinem Atelier steht schon seit Jahren ein Paket ohne Absender. „Bitte nicht öffnen!“ steht darauf. Und daran hält er sich auch.
www.meanwhile-at-the-laboratory.blogspot.de/

PÄCKCHEN AUF –
UND AUF INS ABENTEUER!

BITTE NICHT ÖFFNEN 1: BISSIG!
ISBN 978-3-551-65211-9

BITTE NICHT ÖFFNEN 2: SCHLEIMIG!
ISBN 978-3-551-65212-6

BITTE NICHT ÖFFNEN 3: DURSTIG!
ISBN 978-3-551-65213-3

BITTE NICHT ÖFFNEN 4: FEURIG!
ISBN 978-3-551-65214-0

BITTE NICHT ÖFFNEN 5: MAGIC!
ISBN 978-3-551-65215-7

BITTE NICHT ÖFFNEN 6: ROSTIG!
ISBN 978-3-551-65216-4

WWW.CARLSEN.DE

CARLSEN

HALT DICH FERN VON DER NACHT

Claudia Scharf
DAS GEHEIMNIS VON NOX 1: LICHT, SCHATTEN – FLEDERRATTEN!
Hardcover
304 Seiten
ISBN 978-3-551-65288-1
Auch als E-Book erhältlich

HALT DICH FERN VON DER NACHT, FÜR TAGLINGE IST DER TAG GEMACHT! Kein Tagling betritt Nox, so war das zu allen Zeiten. Doch dann kam Fill. Fill lebt ein normales Tagling-Leben: Schule, Sonnenball, Quaschel-Ernte. Aber dann explodiert ein Pfannkuchen, sein Kater büxt aus – und Fill steht mitten in Nox, dem verbotenen Land der Nacht. Funkelndes Feuer, sprechende Glühwürmchen, blutrünstige Flederratten … und mit Nachtling-Mädchen Issa erlebt Fill Abenteuer, von denen die Tagwelt nur träumen kann. Doch als sein Vater Hilfe braucht, muss Fill tiefer in die Nacht als je zuvor. Ist er den echten Gefahren von Nox gewachsen?

Weitere Abenteuer in Vorbereitung.
„Bitte nicht öffnen“ gibt es überall im Buchhandel
und auf

AUCH ALS
HÖRBUCH BEI
SILBERFISCH

FSC www.fsc.org
MIX
Papier aus verantwortungsvollen Quellen
FSC® C014496

Wir produzieren nachhaltig
- Klimaneutrales Produkt
- Papiere aus nachhaltigen und kontrollierten Quellen
- Hergestellt in Deutschland

Völckersstraße 14–20, 22765 Hamburg
Umschlag und Innenillustrationen: Fréderic Bertrand
Umschlaggrafik: Sabine Reddig
Lektorat: Anna Herberhold
Satz: Pinkuin Satz und Datentechnik, Berlin
Lithografie: Margit Dittes Media, Hamburg
Produktionsmanagement und Gestaltung:
Constanze Hinz & Konstantin Kleinwächter
ISBN 978-3-551-65218-8